사진하는
태도가
틀렸어요

사진하는 태도가 틀렸어요

박찬원 지음

고려원북스

종교인이 수행하듯
오늘도 사진을 찍는다

기업에서 38년을 보냈다. 은퇴 후엔 대학교 석좌 초빙 교수로 3년을 지냈다. 그 후 예술 대학원에 들어가 순수사진을 전공했다. 경영자를 대상으로 한 예술 강좌에서 우연히 사진을 공부하게 되었고, 대학의 아카데미에서 2년 간 공부를 하면서 욕심이 생겼다. 앞으로 30년, 사진과 함께 살아야 할 텐데 제대로 하고 싶다는 생각이 들었다. 공교롭게도 대학원과 아카데미가 한 건물 안에 있어서 자주 마주치는 대학원생들이 부럽기도 했다. 처음 대학원을 지원했을 때는 그저 사진을 더 깊이 공부해 보고 싶다는 단순한 생각이었다.

그러나 아무것도 모르고 들어온 예술 대학원은 내게 오지 탐험과 마찬가지였다. 특히 예술가를 지망하는 순수사진의 세계는 딴 세상이었다. 대학원에서 만나는 하나하나가 낯설고 신비로웠다. 옷차림부터 쓰는 언어, 대화의 내용, 노는 물이 달랐다. 우선 사진 교육부터 낯설었다. 지금까지 찍어온 사진은 작품이 아니었다. 사진에 생각이 담겨야 하고, 아무도 표현하지 않은 자기만의 사진을 찾아 헤매야 했다. 갑자기 사진이 어려워졌다. 예술을 하는 교수, 강사님들도 특이했다. 자유로우면서도 괴팍하고 사이비 종교인 같기도 하고 철학자 같기도 했다. 인생 자체가 작품 같은 분들이었다. 함께 공부하는 젊은 학생들이나 여성들과 어울리는 것도 쉽지 않았다. 사진을 하면서 새로운 인간 탐험이 시작된 것이다. 그러나 이 모든 것들이 나의 새로운 인생을 열어준 소중한 재산이 되었다.

사진을 시작한 지 8년인데 아직도 카메라가 서툴다. 인물 사진이나 행사 사진을 찍어 달라고 하면 부담이 된다. 대학원 3년은 짧은 시간이었다. 어떻게 지나갔는지, 무엇을 배웠는지 기억도 나지 않는다. 중국 북경에서 그룹전을 하고 석사학위 청구 개인전을 한 생각밖에 없다. 그러나 사진에 눈을 떴고 사진하는 태도를 배웠다고는 자신 있게 말할 수 있다. 방향은 잡은 것이다. 아직 훌륭한 작품을 보여주고 있지는 못하지만 어떻게 사진을 해야 하는지 갈 곳은 정했다. 지금 두 번째 개인전을 준비 중이다. 사진 주제를 정하고 100일 간의 촬영 목표를 잡았다. 지난 8월부터 시작하여 다음해 2월까지, 일주일에 2박 3일씩 촬영 장소에서 숙식을 하며 작업을 이어가고 있다. 매주 찍는 똑같은 사물인데 찍을 때마다 분위기가 다르고 느낌이 새롭다. 촬영한 사진은 학교 수업 때나 마찬 가지로 마음에 드는 사진을 골라내어 큰 사이즈로 프린트해 본다. 찍을 때 흥분하고, 고를 때 감격하고, 프린트해서 흐뭇해 하던 사진인데 나중에 다시 보면 너무 평범하다. 시간이 갈수록 고민도 더 깊어진다. 언젠가는 또 다른 눈이 확 트일 것이라 생각하며 종교인이 수행하듯 오늘도 사진을 찍는다.

이 책은 내게 새로운 눈을 갖게 해준 대학원 생활과 사진 작품에 얽힌 이야기다. 낯선 여행지에서 작은 드로잉 노트를 들고 연필로 가볍게 풍경을 스케치하는 기분으로 썼다. 예술사진 교육, 거기서 만난 교수와 학생들 이야기, 수업 풍경, 작품 이야기와 함께 전시하면서 배우고 겪은 에피소드를 다루었다. 사진을 공부하는 아마추어 후배와 같이 여행하며 사진 이야기를 주고받는 기분으로 풀어 나갔다. 또한 나이를 극복하며 제2의 인생을 열어가는 마음가짐과 필자만의 사진 공부 방법도 소개했다.

물론 사진에 대한 생각과 표현은 지극히 필자의 수준에서 이해한 주관적인 것이다. 내용보다는 필자의 느낌이나 감정에 초점을 맞추어 쓰다 보니 정리되지 못한 표현도 있다. 혹시 잘못되었거나 생각이 다른 점이 있더라도 '그렇게 생각하는 사람도 있구나'라고 너그럽게 이해해주기 바란다.

이 책을 필자의 지도교수이며 사진에 눈을 뜨게 이끌어주신 최병관 교수님께 바친다. 아마추어 시절부터 대학원에 이르기까지 지도를 아끼지 않으셨던 여러 선생님들과 함께 공부한 동료 및 선·후배님들에게도 감사드린다. 항상 저의 든든한 후원자 역할을 하는 아내 유창희 화백과 가족들과도 책이 출간되는 기쁨을 함께하고 싶다. 무엇보다 출판을 위해 수고해주신 고려원북스 설응도 대표에게 감사드린다.

2015년 12월
원주 양돈장에서 박찬원

7

전시까지도 작품이다

8

사진, 사람, 세상

9

즐거운 두 번째 인생

01

사진이 사람을
바꿔 놓았다

#하루 얼마 벌어? 참 독하네!

"새벽같이도 나왔네. 이렇게 다니면 하루 얼마 벌어? 참 독하네!"

모처럼 새벽 촬영을 나갔는데 그동안 자주 드나들어 안면이 익은 할아버지가 말을 건넸다. 그때는 무심코 들었는데 생각할수록 재미있다. 오후에 촬영을 나갔을 때도 할아버지는 유달리 관심을 보였다. 염전 두렁에 털퍼덕 주저앉아 삼각대를 설치하고 카메라 렌즈를 염전 바닥에 바싹 갖다 붙인 채 열심히 들여다보고 있는 내 모습이 이상해 보였던 모양이다.

"도대체 뭘 하는 거여? 아직도 찍을 게 남았어?" 나를 볼 때마다 한결같이 하는 단골 멘트다. 할아버지 입장에서는 아무리 생각해도 이해가 안 되었을 것이다. 염전에 뭐 찍을 게 있다고 일주일에 두세 번씩, 그것도 몇 년씩이나 출근 도장을 찍느냔 말이다. 처음엔 미친놈인 줄 알았다가, 말하는 품새를 보니 그런 사람은 아니라고 결론을 내린 눈치다. 그래서 생각해낸 그럴 듯한 이유가 돈벌이다. 사진으로 밥 먹고 살려고 저렇게 열심이라고 생각한 듯하다.

틀린 말은 아니다. 명색이 전문작가를 지망하니, 돈을 받고 작품을 팔아야 한다. 그러나 어르신이 생각하는 것처럼 하루벌이는 아니다. 물론 아직 작품을 사주는 사람도 없다. 개인 전시회를 연다 해도 과연 내 소금 사진, 염전 사진을 사줄까? 아직은 아니다. 북경에서 열린 전시회에 참가했을 때, 내 사진에 관심을 보이는 사람들은 있었지만 가격을 물어본 사람은 없었다. 무엇보다 돈을 벌기 위한 목적으로 이 일을 시작한 것은 아니다. 그러면 왜 하지? 그냥 좋으니까 한다는 것이 가장 솔직하고 정확한 대답이다. 촌로의 말 한마디가 '내게 사진이란 무엇인가'에 대해 다시 생각하게 해주었다.

그의 눈엔 내가 천하에 드문 '독한 놈'이다. 처음에는 염전에 들어갔다고 야단도 많이 맞았다. 그래도 개의치 않고 싱글싱글 웃으며 내가 먼저 인사를 했다. 요즘엔 인사라도 받아주지만 처음에는 대꾸도 안 했다. 역시 사람은 자주 봐야 정이 드나 보다. 사진을 찍으려면 먼저 사람들과 친해져야 한다는 선배들의 얘기는 그냥 하는 소리가 아니었다. 마음이 통하지 않으면 절대 좋은 사진이 나오지 않는다.

내가 염전 촬영을 스무 번쯤 했을 때였다. 나는 수업시간에 염전 촬영 백 번을 채우겠다는 계획을 밝혔다. 아무도 믿지 않았다. 염전이란 데가 백 번이나 촬영할 만큼 소재가 풍부하지도 않고, 한 작업에 그렇게 많은 시간을 투자한다는 것이 미련해 보였던 것이다. 내가 백 회 출사 목표를 정했던 이유는 시간에 쫓기는 것이 싫어서였다. 출사할 때 마다 초조해 하면서 작업하는 것이 싫어 멀찌막이 목표를 잡은 것이다. 나는 백 회 출사 후, 개인전을 열겠다고 마음먹었다.

소재, 시간, 렌즈, 노출 등 사진의 일관성을 위해 애초에 정해 놓았던 제한 조건들도 풀어 버렸다. 아무 조건 없이 '그저' 염전 사진을 찍기로 했다. 그렇게 마음먹으니 사진 작업이 한결 편해졌다. 출사할 때 마다 좋은 작품을 건져야 한다는 부담감도 사라졌다. 사진에 관한 예술 일기를 쓰기 시작한 것도 그때부터다.

결과적으로 나는 염전 출사 아흔여섯 번 만에 개인전을 열었다. 목표를 조기 달성한 것이다. 그렇다고 개인전 후에도 염전에 발길을 끊은 것은 아니다. 앞으로도 계속 갈 예정이다. 백 번은 훨씬 넘길 것이다.

"참 독하네!" 할아버지의 감탄사는 어느덧 내가 걸어가야 할 방향이 되었다. 그렇다, 세상의 모든 예술가는 독한 사람이다.

#사진하는 태도가 틀렸어요!

"사진하는 태도가 틀렸어요!"

지도교수가 버럭 소리를 질렀다. 당황한 내 표정 위로 혹평이 이어졌다.

"패턴을 버리라고 했는데 똑같아요. 핀트가 안 맞는 건 사진이 아닙니다!"

지도교수는 내 사진을 집어던지듯 밀쳐냈다. 얼굴이 화끈 달아올랐다. 창피한 마음에 쥐구멍에라도 숨고 싶은 심정이었다. 수업이고 대학원이고 모두 팽개치고 뛰쳐나가 버리고 싶었다.

그런데 그 순간, 무언가 쇠꼬챙이로 가슴을 푹 찌르는 느낌이 왔다. 뜨거운 무엇이 치밀어 오르는 것 같기도 했다. '내가 그동안 방향을 잘못 잡았구나, 눈이 가려져 있었구나.' 란 생각이 들었다. 뭔가 깨달음이 왔다. 그러면서 내게 화를 내준 교수가 고마웠다. 나이 많은 학생이란 이유로 마음에 안 들어도 완곡한 표현을 써 왔는데, 오늘은 정말 화가 많이 났던지, 아니면 작심하고 야단을 칠 각오를 했던 것 같다. 지도교수는 수업시간 내내 앞을 보지도, 학생들과 눈을 마주치지도 않은 채 강의를 이어갔다. 정도의 차이는 있었지만, 다른 학생들에게도 혹평이 이어졌다. 강의실 분위기는 싸늘하게 얼어붙었다. 어색한 분위기 속에서 수업이 끝났다. 분위기를 풀어야 할 것 같아서 식사나 하고 가시라고 권유했으나 그는 매정하게 뿌리쳤다.

이상하게도 우리 동기들은 나이가 많았다. 40대 후반 50대 학생들이 주를 이루고 있다. 그런 때문인지 교수들도 특별히 신경을 쓰는 눈치였다. 작품 평이나 꾸중도 항상 조심스러웠다. 수업 분위기는 좋았으나 긴장감은 떨어졌다. 그런데 오늘은 오랫동안 묵혔던 것이 터진 것 같다. 수업이 후반기로 접어들었는데도 진전이 없자 이대로는 안 되겠다고 판단했는지도 모르겠다. 어쨌든 후련했다. 진짜 스승을 만나 진짜 제자가 된 기분이랄까.

수업에 들어오기 전까지만 해도 내심 오늘 작품에 대해 자신감이 있었다. 염전에서 아침 햇살을 받은 물방울을 촬영한 것이었다. 촬영 대상이 없어 헤매던 중 오색 물방울을 발견했다. 물거품이 뭉쳐서 방울방울을 이루고 있는데 햇살이 비치면서 붉은색, 파랑색, 보라색으로 여러 색이 반짝였다. 방울마다 사진 찍는 내 모습도 들어 있었다. 염전에서 발견한 새로운 그림이라 흥분해서 촬영했다. 집에 와서 모니터로 보니 물방울들이 너무 작았다. 사진을 잘라내고 물방울을 크게 확대했다. 이번에는 종이도 좋은 것을 쓰고 잉크젯으로 프린트도 했다. 지금까지 내 사진과는 다른 형태의 사진이었다. 그런데 그것이 문제였다.

그 사진은 아무리 좋게 평가해도 평범한 사진이었다. 무엇을 찍었는지 주제가 안 보였다. 상상력을 불러일으키지도 않았다. 단순한 패턴의 반복에 불과했다. 애초에 발표한 사진기획과도 달랐다. 여러 번 확대하는 과정에서 핀트도 흐릿해졌다. 나중에 들은 이야기지만 동료들도 내 사진을 보고 고개를 갸웃했다고 한다. 모두들 아는데 나만 몰랐던 것이다. 자기 작품에 빠지면 눈이 멀고 만다. 모든 사람들이 보는 것이 보이지 않는다.

신기한 것은 크게 꾸중을 듣고 난 다음 내 작품이 눈에 띄게 좋아졌다는 것이다. 욕먹은 것이 부끄러워 더 열심히 작업을 한 이유도 있지만, 그렇다고 없던 실력이 새로 생겨날 리는 없다. 단지 사진하는 태도가 바뀐 것이다. 마음가짐이 달라지면 사진도 달라진다.

아이나 어른이나 야단을 맞아야 크는가 보다.

#콘셉트를 차별화하라

콘셉트와 차별화!

평생 마케팅을 하며 살았던 나에게 너무나도 익숙한 단어들이다. 그런데 칠십 넘어 사진을 배우러 대학원에 들어오니 여기서도 콘셉트가 중요하다고 한다. 촬영은 오히려 하나의 기능이고 콘셉트를 구상하고 이를 구현하는 것이 작가의 역할이었다. 콘셉트에는 철학이 들어 있어야 하고 사회상이 담겨야 하고 자기가 존재해야 한다. 다른 사람들의 작품과 확연히 달라야 하고 관객의 상상력을 불러 일으켜야 한다. 평론가와 작가 등, 전문가들의 이슈가 되어야 한다. 이렇게 이야기하고 보니 마케팅의 콘셉트와는 많이 다르다는 생각이 든다.

대학원 진학을 결심하기 전까지는 사진에 있어 콘셉트가 무엇인지 몰랐다. 대학원의 사진 전공 입학은 필기시험을 보는 것이 아니라 작품집 제출과 면접으로 결정된다. 작품집이 주된 심사 자료다. 그런데 작품집을 만들려면 주제가 있어야 한다. 그 주제가 콘셉트다. 제대로 사진작업을 한다면 먼저 콘셉트를 정하고 작업 계획을 짠 다음, 그 계획에 따라 사진 작업을 해야 한다. 텔레비전 광고를 만들 때 콘셉트를 정하고, 스토리보드를 만들고, 장소를 헌팅하고, 모델을 캐스팅하고, 촬영 콘티를 만들어 작업하는 것과 똑같다. 콘셉트를 표현하는 기법도 중요하지만 핵심은 콘셉트 내용이다. 그것에 따라 모든 후반 작업이 달라진다.

아마추어 시절에는 콘셉트를 정하고 사진을 촬영해본 적이 없다. 하지만 대학원 입학을 위해서는 콘셉트를 만들어야 했다. 지금까지 찍은 사진들 중에서 가장 예술적으로 보이는 사진을 고르니 안개 낀 풍경이었다. 특히 중국 라펑에서 안개 자욱한 이른 새벽에 유채밭을 찍은 사진이 마음에 들었다. 청산도에서 안개 낀 양식장을 찍은 사진도 좋았다. 그래서 안개 낀 풍경을 콘셉트로 정했다. 'In & Out'이라고 그럴듯한 테마도 만들었다. 안개 속에는 보이는 것과 보이지 않는 것이 공존하고, 안과 밖의 경계가 모호해진다는 의미를 담았다. 그해 여름은 안개를 찾아 전국을 헤매고 다녔다. 그 덕분에 여름은 콘셉트를 정하고 사진을 찍게 되었다.

대학원 수업 중 사진 실기의 경우는 수업 초기에 작업계획서를 발표해야 했다. 콘셉트와 작업 방법을 발표하는 것이다. 처음부터 콘셉트는 자신 있다고 생각했는데 작업이 계속될수록 점점 더 어려워졌다. 안개에서 시작한 나의 작업은 김승옥의 소설 '무진기행'을 거쳐 염전에 정착했다. 무진기행을 카메라에 담기 위해 고향을 돌아다니다 염전을 발견한 것이다. 나는 어린 시절 추억의 고향과, 개발과 함께 사라져가는 현재의 고향을 대비시키려 했다. 그러나 염전을 통해 추억과 사라지는 것들에 대한 회한을 표현하는 것은 너무나 어려웠다.

그러던 어느 날 염전의 물웅덩이에서 떼로 몰려 있는 생명체를 보았다. 자세히 보니 하루살이였다. 그리고 놀랍게도 그 모습은 우리들 삶의 모습과 흡사했다. 나는 그 장면에서 '삶'이란 콘셉트를 찾아냈다. 작품에 대한 반응도 좋았다. 하루살이를 더 촬영하고 싶어 다시 찾아갔다. 그러나 그날 이후 하루살이 떼는 발견할 수 없었다. 그런데 그 대신 염전의 소금물 위에 뜬 나비를 보았다. 소금은 매일 걷어내니까 물에 빠진 지 얼마 안 된 것 같다. 내 눈앞에 펼쳐진 것은 분명 '죽음'인데 그 모습이 너무 찬란했다. 햇빛을 받아 반짝반짝 빛나는 모습은 예쁘게 치장하고 소풍 가는 모습이었다. 그리고 보니 물 위에서 익어가고 있는 소금 알들은 하늘에서 반짝이는 별들 같았다. 나도 모르게 '그래, 나비는 죽은 것이 아니라 먼 하늘로 여행을 가고 있는 거야.'라고 중얼거렸다. 나는 다시 '생명'이란 콘셉트를 찾아낸 것이다.

사진에 빠져들면 콘셉트도 진화한다.

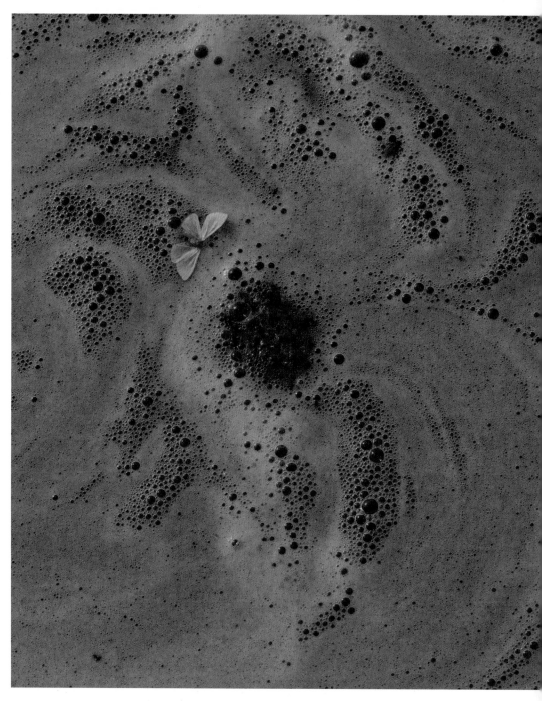

〈여행〉 2014
나비가 여행을 간다. 보랏빛 물결 헤치고 헤엄쳐서 새로운 세상으로 나아간다.

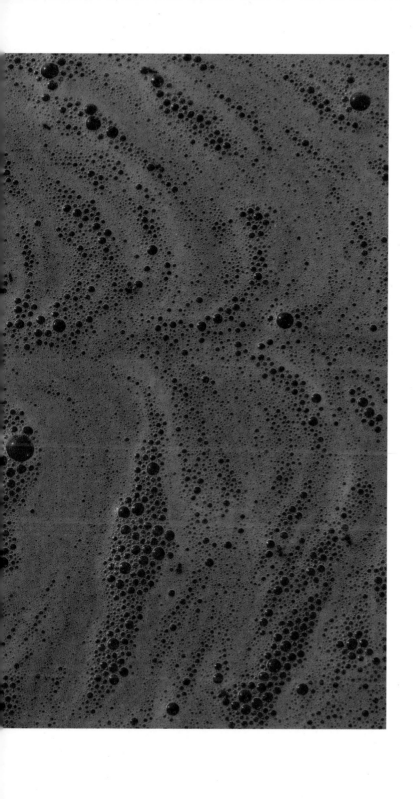

#여행은 사진의 동계 훈련장

여행은 사람을 설레게 한다.

　어린아이로 돌아간 느낌, 미지의 세계에 대한 기대감과 호기심이 발동한다. 여행을 하면 사진을 많이 찍게 된다. 휴대폰 사진을 논외로 한다면, 평상시 카메라를 들고 다니기는 쉽지 않다. 그러나 여행 중에는 매일 매순간 카메라를 들고 사진을 찍는다. 일주일 여행에 16기가 메모리카드 네 개를 모두 쓸 때도 있다. 결국은 외장 하드에 저장해 놓고 한번도 다시 찾지 않을 사진이지만 그래도 찍고 또 찍는다. 일종의 습관이다. 그래서 여행은 사진과 친해지는 가장 빠른 길이다. 새로 산 카메라는 반드시 여행을 한 번 다녀와야 내 것이 된다.

　우리 부부는 함께 여행할 때가 많은데 결코 증명사진은 찍지 않는다. 단체여행을 하다 보면 명승지나 고적을 관람하러 온 것인지 사진 찍으러 온 것인지 헷갈리는 경우가 많다. 관광지에 내리면 모두 사진 찍느라고 정신이 없다. 그런데 우리 부부는 일단 흩어진다. 각자 자기의 관심사를 찾아 쫓아다닌다. 어떤 때는 아내와 같이 여행을 갔는데 함께 찍은 사진이 한 장도 없을 때도 있다. 같이 간 일행들이 부부 맞느냐고 농담을 하기도 하고 싸웠냐고 놀리기도 한다. 아내는 그림을 그리니까 주로 그림 소재를 찾아 사진을 찍는다. 흔히들 찍는 풍경사진은 피하려 한다. 여행 사진은 장소가 갖는 의미나 주위 환경이 중요하므로 사람들의 사진이 모두 비슷비슷하다. 나도 거기 다녀왔다는, 말 그대로의 인증 샷이다. 사진의 가장 기본 기능이다.

하지만 나는 '증명' 보다는 다른 의미의 '탐구'에 중점을 둔다. 사진을 찍으면서 생각하기를 즐긴다. 가우디가 설계한 스페인의 '사그라다 파밀리아 대성당'에 들어가서는 가우디의 꿈을 상상하고 하느님과 대화를 시도한다. 투우장에 가서는 소들의 흐느낌을 듣고 숙연해진다. 아람브라 궁전을 방문했을 때는 이슬람인들의 최후를 생각했다. 그러면 이슬람인들이 왜 그렇게 서방세계를 싫어하는지 이해가 된다. 미안하지만 가이드의 설명도 잘 듣지 않는다. 나의 여행은 보고 느끼는 것이지 배우는 것이 아니기 때문이다. 나와 대화하고 역사와 대화하는 것이다. 그 대신 여행 전에는 반드시 그 지역에 대한 책을 읽고 간다. 여행 중에도 책을 갖고 다니며 읽는다. 관광을 하고 돌아오는 버스 안에서 간단한 여행 소감을 메모한다. 인상 깊었던 장면을 회상하고 혼자서 사색에도 잠긴다. 카메라 화면을 보며 그날 촬영한 사진을 혼자 리뷰한다. 설사 사진은 한 장도 못 건졌다 해도, 생각은 남는다.

여행을 하면서 사람들을 관찰하는 것도 재미있다. 여행지에는 다양한 사람들이 모인다. 그들의 표정, 동작, 웃음 모두 흥미롭다. 무엇을 하는 사람일까란 호기심 그 자체가 하나의 관광이다. 스페인에서는 소매치기를 주의해야 한다는 소리를 많이 들었다. 나는 사람들이 많이 모이는 곳에 갈 때마다 누가 소매치기인가 찾아보려 했다. 괜한 사람을 의심하는 것 같아 미안했지만, 나는 사람 탐험가이니 이런 좋은 기회를 놓칠 수는 없었다. 여행을 가면 항상 재래시장을 빠뜨리지 않는다. 어느 나라나 재래시장은 사람 냄새가 물씬 풍긴다. 그 나라의 풍취를 가장 실감나게 느낄 수 있고 다양한 사람들의 모습을 구경할 수 있다. 보이는 것 하나 하나가 작품이다. 가끔은 인물을 촬영한 다음 수채화로 그리기도 한다.

감동은 오래된 고적에서 오지만 설렘은 사람에게서 온다.

#지옥의 훈련 코스, 사진 실기 수업

대학원 3학기 때 수강하는 포트폴리오 수업은 강행군의 연속이다.

이 수업을 들어야 사진가로서 문턱에 들어선다고 할 수 있다. 보통 포트폴리오 수업에서 다룬 주제로 단체전을 하고, 석사학위 청구 개인전으로까지 연결되니 작가로서의 방향성을 결정하는 분기점이 된다. 포트폴리오 수업을 마칠 때까지 작품 주제나 방향이 불분명하다면 고난의 길을 걸을 각오를 해야 한다.

포트폴리오 수업은 전공 주임교수가 담당한다. 전공 주임교수는 졸업에 절대적인 권한을 갖고 있어 여간 조심스러운 것이 아니다. 작품의 평가는 물론 개인전, 논문 심사, 종합시험 등에 결정적 영향력을 행사하기 때문에 호흡이 맞지 않으면 학위 포기까지 각오해야 한다. 여간한 의지가 없다면 졸업 후 작가로서 활동 자체가 어려울 수도 있다. 그래서 더욱 부담이 된다.

먼저 작품 주제를 정하는 것이 중요하다. 주제를 정할 때는 지금까지 했던 모든 작업을 가지고 가서 리뷰를 받는다. 대부분 본인이 작품 주제를 선정하지만 지도교수의 조언으로 방향이 바뀔 때도 있다. 작품에는 자기 정체성이 들어가야 하고, 다른 작가와 차별화되어야 하며, 시대성이나 철학이 담겨 있어야 한다. 이 주제를 작품으로 소화함과 동시에 자기 작품과 관련된 작가 연구를 병행한다. 작가 연구는 학기 말에 소논문 형식으로 작성해서 제출하고 발표한다. 주제가 정해지면 2개 조로 나뉘어 2주에 한 번씩 새로운 작품을 갖고 와야 한다. 보통 10점 내외의 작품을 전시하고 리뷰를 받는다. 매주 작품에 대한 리뷰가 이어지는 것이다.

작품 리뷰 시간에는 한 명씩 자기 작품을 책상 위에 전시하고 돌아가며 감상한다. 먼저 학생들이 작품에 대한 소감을 이야기하고, 지도교수가 작품에 대한 문제점과 보완 방향에 대해 의견을 제시한다. 이 순간이 바로 숨 막히는 시간이다. 지도교수의 지적은 예리하다. '작품은 창의적이면서도 일관성을 가져야 한다. 그러면서도 다양해야한다. 변화가 느껴져야 한다. 무엇보다 작품 주제가 잘 나타나야 한다. 고단한 삶을 찍은 사진이 너무 아름다우면 안 된다. 그 사람의 느낌이 묻어나야 한다. 놀이기구가 그냥 놀이기구면 안 된다. 놀이기구가 놓인 환경이 보여야 하고 사람의 체취가 느껴져야 한다. 소금이 소금이면 안 되고 패턴이 그대로 드러나도 안 된다. 호기심을 불러일으키고 상상력을 자아내야 한다.'

리뷰 과정을 거치면서 촬영 방법은 물론 촬영 장소나 위치를 바꿔야 할 때도 많다. 때로는 렌즈나 카메라 자체를 바꿔야 하는 경우도 있다. 프린트 방법이나 프린트 업소를 바꿀 때도 있다. 말 한마디에 따라 작업량이 엄청나게 달라지니 학생들의 표정이 일그러진다. 때로는 현장 사정상 불가능한 경우도 있다. 그러나 시도해 보지도 않고 못한다 할 수도 없다. 수업이 끝난 후에는 지도교수가 한 이야기의 의미를 놓고 논쟁을 벌일 때도 있다. 작품에 대한 칭찬이 나오는 경우는 거의 없다. 상대적으로 우수한 작품이 있을 수 있지만 항상 더 높은 가치를 추구하기 때문에 어떻게 작품의 질을 더 높일 수 있느냐만 생각한다. 어쩌다 칭찬이 나오면 하늘을 나는 기분이 된다. 특별히 많은 노력을 기울인 흔적이 작품에 나타났을 때, 칭찬을 해주신다. 가장 힘든 수업이지만 개인전을 할 때면 그때 추억을 얘기하는 학생들이 가장 많다.

이런 고된 훈련 속에서 작가의 꿈이 영글어 간다.

#누드 사진, 그리고 초심자의 행운

어떻게 사진을 전공할 생각을 했냐는 질문을 많이 받는다.

그런데 그 계기는 재미있게도 누드 사진이었다. 삼성경제연구소의 SERICEO에서 경영자를 대상으로 예술 강좌를 열었는데 그 주제는 와인에서 시작해 음악, 미술, 사진, 영화로 이어졌다. 나는 사진과 미술을 선택했다. 사진을 강의하신 분은 이름만 대면 다 아는 유명한 인물·패션 사진가인 조세현 선생님이었다. 하루 세 시간씩 총 4회에 걸쳐 실습과 강의가 진행되었다. 첫 시간은 신라호텔에서 인물 촬영을 했고 두 번째는 에버랜드에서 풍경 사진을 찍었다. 세 번째는 누드 사진이었고, 네 번째는 주제를 정하고 촬영하는 기획 사진이었는데 덕수궁에서 팀별로 공동작업을 했다. 사진 강의는 약 15분 정도의 기본적인 설명 후 바로 촬영에 들어가는 실습 위주로 진행되었다. 촬영이 끝나면 본인 사진 중 가장 잘 찍었다고 생각되는 작품을 제출해 선생님의 평을 들었다. 학생들 작품 중 5편을 뽑아 최우수상, 우수상, 장려상 등 상도 주었다.

나는 세 번째 시간인 누드 사진에서 최우수상을 받았다. 사실 나는 평생 사진을 배워본적이 없었다. 똑딱이 카메라로 자동노출 자동핀트에 놓고 가족사진, 여행사진을 찍는 것이 고작이었다. 첫날 인물 사진을 찍었을 때는 핀트도 맞지 않고 수평 수직도 맞지 않는 사진을 제출해 조금 부끄러웠다. 감도 조절은 물론 기본적인 카메라 조작법도 몰라 주위 사람들에게 계속 물어봐야 했다. 누드 사진은 워커힐 빌라에서 세 명의 누드모델을 번갈아 촬영하는 것이었는데, 세 그룹으로 나누어 야외촬영과 실내촬영을 교대로 했다. 카메라 조작도 서투른데 누드모델까지 앞에 있으니 무엇을 어떻게 해야 할지 난감했다. 그 와중에도 남과 다른 사진을 찍어야 한다는 생각은 들었다. 우선 다른 사람들과 다른 위치를 잡았다. 일부러 사람들이 많이 몰려 있지 않은 곳으로 간 것이다. 배를 깔고 엎드리기도 하고 옆으로 누운 채 셔터를 누르기도 했다. 물론 노출 우선 모드를 설정하고 자동셔터를 눌렀다. 자연 광선이 아름다운 저녁 무렵인데도 야외촬영에서는 생각만큼 좋은 작품이 나오지 않았다.

실내로 들어갔다. 많은 사람들이 모델의 정면 사진을 찍느라 정신이 없었다. 역시 사람들이 없는 반대편으로 갔다. 안면몰수하고 배를 깔고 엎드렸다. 양쪽 팔꿈치를 땅바닥에 대고 고정시킨 다음, 아름다운 곡선만을 찍기로 마음먹었다. 역광으로 위치를 잡았다. 허리가 만드는 곡선, 유방이 만드는 곡선, 둔부와 다리가 만드는 곡선만 찾았다. 어느 순간 허리가 눈에 들어왔다. 모델이 엎드린 포즈로 깊게 굴곡진 곡선을 만들어주었다. 앞에서 비치는 조명을 받아 어두운 부분과 밝은 부분이 강한 컨트라스트를 이루었다. 재빨리 셔터를 눌렀다. 컬러인데도 흑백작품 같았다. 얼굴도 보이지 않고 잘룩한 허리의 곡선이 아름답게 눈길을 끄는 사진이었다. 이 작품을 오늘의 출품작으로 선택했다.

이날도 촬영이 끝난 후, 선생님의 강평과 함께 우수작품 선정이 있었다. 강평 전에 좋은 작품들을 선정해 미리 보여주는데 나의 작품도 들어 있었다. 다른 사람들의 작품과는 확연히 달랐다. 아름다운 얼굴도 없고 매끄러운 피부도 보이지 않고 그림자만 있었다. 이날 내 사진이 최우수 작품으로 선정되었다. "이 작품은 삼성카메라 광고사진으로 그대로 써도 좋겠습니다."라는 칭찬도 들었다. 이 사진은 지금 보아도 그럴듯하다. 나의 1호 작품사진이다. 나의 첫 프린트는 지금 한양대 H교수 연구실에 걸려 있다.

초심자의 행운이라고 했던가. 때로는 초보도 프로 못지않은 명작을 만든다.

〈누드〉 2008
첫 번째 작품 사진이다. 나를 사진에 빠져들게 유혹한……

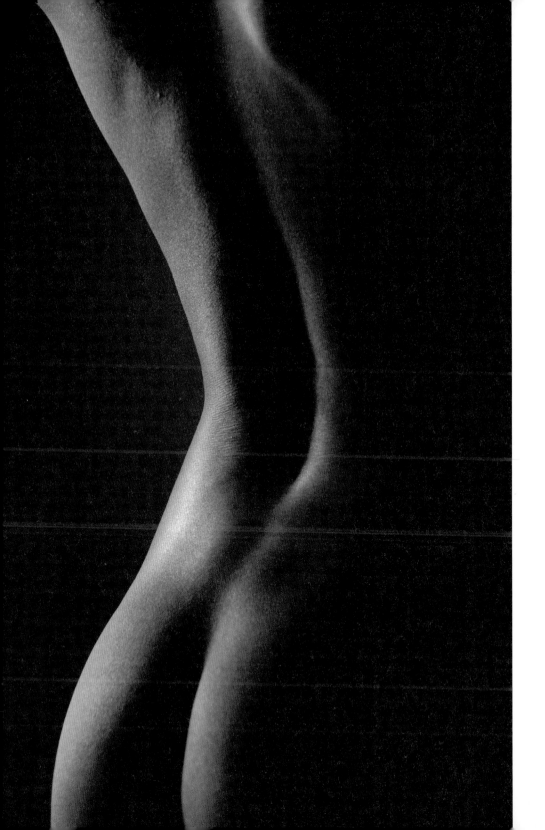

#나의 상설 전시장, 페이스북

사진을 하면서 페이스북을 유용하게 쓰고 있다.

전시회에서 발표할 때까지 작품 사진은 공개하지 않는 게 원칙이지만, 여행 사진은 곧바로 페이스북에 올린다. 내가 사진과 함께 간단한 글을 페이스북에 올리면, 친구들은 내가 장기간 여행에서 돌아온 줄 안다. 길어야 2주 정도의 여행이 대부분이지만, 현지에서 사진을 올리는 경우는 드물고 꼭 여행 후에 올린다. 페이스북을 통해 작은 여행 사진 전시회를 여는 것이다.

나는 한 번의 여행으로 다섯 번의 새로운 체험을 하는 셈이다. 우선 여행을 떠나기 전에 그 지역에 대한 책을 사서 읽으면서 여행 코스에 관련된 이야기를 메모한다. 여행 기간 내내 그 책을 갖고 다니며, 새로운 여행지에 도착하기 전에 그곳에 관한 이야기를 읽고 여행지 관광을 마친 후에 또 읽는다. 그렇게 하면 관광지가 새롭게 보인다. 가이드의 설명도 귀에 쏙쏙 들어온다.

관광을 하면서 사진을 찍는다. 여행지에 얽힌 스토리를 사진 속의 프레임으로 표현한다. 사진은 내가 그 고적지에 드리는 나만의 헌사이다. 오래된 건물, 지역에 얽힌 스토리, 지나다니는 사람, 동물들이 새롭게 보인다. 역사적 인물이 환생한 듯한 느낌도 들고, 마치 그곳에 오래 살았던 것 같은 데자뷰도 체험한다. 돌아오는 차 안에서 촬영한 사진을 음미한다. 좋은 사진은 아내에게 자랑도 하고 메모도 해 놓는다. 수첩이나 아이패드에 간단한 여행 소감을 메모한다. 모두 피곤해 잠이 든 시간이 나에게는 소중한 시간이다. 한 번 생각하기 시작하면 생각이 꼬리를 문다. 역사와 대화를 하는 것이다. 버스로 이동하는 시간이 조금도 지루하지 않다.

여행을 마치고 나면 사진을 고른다. 보통 2주 여행에서 약 1,000장의 사진을 찍는다. 대부분 버릴 사진이지만 그중에서 페이스북에 올릴 사진, 작품사진 후보로 보관할 사진, 수채화를 그리는 데 소재가 될 사진 등을 분류하여 저장한다. 2014년 인도 여행을 갔을 때는 '동물로 본 인도 기행', '인도에서 만난 사람들'이라는 테마를 잡고 사진을 골랐다. 동물 시리즈는 소, 개, 원숭이, 비둘기, 코브라, 코끼리, 다람쥐 등 동물들과 인도 문화, 여행지 풍경을 연결시킨 것이다. 사람 시리즈는 여행지에서 마주친 맑은 눈들을 골랐다. 사진을 고르면서 나는 다시 여행을 한다. 여행 가서 느낀 감동을 되새김하는 것이다. 그렇게 선택된 사진을 매일 한 번씩 들여다본다.

사진을 페이스북에 올릴 때는 간단한 글을 곁들인다. 글을 쓰려면 여행 중에 작성한 메모를 뒤적이고 책이나 인터넷에서 자료를 다시 확인하기도 한다. 그러는 동안 여행 때는 모르고 지나쳤던 새로운 감상을 느낀다. 페이스북에 사진을 올리면 친구들이 '좋아요'를 클릭하고 댓글을 달아준다. 같은 지역을 여행한 경험이 있는 친구라면 더욱 정감 있는 댓글을 달아준다. 댓글에 회신하면서 다시 여행 경험을 회상하고, 잊었던 친구를 생각한다. 나는 가끔 혼자서도 페이스북에 올려져 있는 사진과 글을 감상한다. 사진을 외장 하드에 저장해 놓았으면 쉽게 잊혀질 텐데, 페이스북 덕분에 수시로 작품을 감상할 수 있다. 때로는 5년 전 여행 사진도 감상한다. 나의 여행은 항상 살아 꿈틀거리고 있다.

감사하다. 사진 덕분에 생각하는 여행을 할 수 있으니.

#스타일 변신 프로젝트

"이야, 예술가 같은데."

"'예술가 같은데요.'가 뭐야, 예술가지."

요즘 친구들을 만나면 첫마디가 이렇다. 염색을 안 한 채 머리를 길게 기르고 최근에는 웨이브를 넣어 펌을 했더니 분위기가 달라 보이나 보다. 사진을 하면서 외모도 많이 달라졌다. 정확하게는 대학원을 다니면서부터다. 외모가 프리 스타일로 변하니, 마음도 따라 편하고 자유롭다. 대학원에 입학하면서부터 무엇을 입고 다닐까가 고민이었다. 젊은 학생들과 너무 차이나면 어쩔까도 고민이고, 여성들이 많은 분위기에 잘 어울릴지도 걱정이었다. 그중 한 학생은 안경, 신발, 모자까지 완벽한 패션을 보여주었다. 일주일 두 번 수업에 갈 때마다 패션이 바뀌었다. 도대체 안경이 몇 개이고 신발이 몇 켤레인지가 궁금했다.

평생 네이비 계열의 양복에 흰 셔츠와 넥타이만 걸치고 살았지만, 그 차림으로 학교에 갈 수는 없었다. 우선 재킷을 캐주얼로 바꿨다. 바지는 회색이나 브라운, 베이지 컬러로 골랐다. 어느 날 빨간 티셔츠를 입고 갔는데 반응이 좋았다. 그 후로는 컬러풀한 티도 곧잘 입는다. 문제는 신발이었다. 요즘 젊은 학생들은 다양한 컬러의 운동화를 즐겨 신는다. 나는 처음엔 고동색 트레킹화를 신고 다녔다. 신사화는 신을 수 없었고 운동화는 신을 용기가 나지 않았다. 그런데 강의를 하시는 사진가 중에는 빨간 운동화를 신고 오는 분도 있고, 백팩을 메고 다니는 분들도 있었다. 그런데 그 모습이 그렇게 멋질 수가 없었다.

딸의 전시회 때문에 홍대 앞에 갈 일이 있었는데, 상점에서 베이지색 운동화가 눈에 띄었다. 회색이나 브라운 바지와도 잘 어울릴 듯했다. 운동화를 신으니 분위기가 달라졌다. 가볍고 날아갈 것 같았다. 모두들 보기 좋다고 했다. 내가 운동화를 신기 시작하자 딸이 스니커즈를 선물했다. 식사 자리에서 지도교수는 내 신발이 바뀐 것을 눈치채고 패션도 바꿔보라고 조언했다. 평생 처음으로 청바지를 샀다. 이제는 청바지, 티셔츠, 캐주얼 재킷, 운동화가 나의 일상복이 되었다.

내 외모에 있어 가장 큰 변화는 역시 헤어스타일이다. 자화상이란 작품을 촬영하면서부터 염색을 끊었다. 가공하지 않은 내 모습이 좋았다. 허옇게 서리 내린 머리칼은 연륜의 넉넉함과 삶의 무게를 모두 드러내는 것 같았다. 내친 김에 머리도 길렀다. 이상하게 머리가 길어질수록 자유로워지는 느낌이었다. 어느 날 긴 머리를 다듬기 위해 미용실에 갔다. 처음 본 중년의 미용사에게 커트와 펌을 부탁하자, 머리를 바싹 잘라버리고 자연스러운 웨이브를 넣어주었다. 나쁘진 않았지만 예술가 이미지는 아니었다. 감각 있는 할아버지 스타일이었다. 다시 3개월 열심히 머리를 기른 뒤, 다른 미용실을 찾아갔다. 이번에는 남자 미용사였다. 머리를 짧게 자르지 말라고 신신당부하면서 약간 층지게 커트만 하고 웨이브를 많이 넣어 달라고 했다. 제법 출렁출렁한 스타일이 완성되었다. 미용사는 불안했던지, 펌을 푸는 것은 간단하니까 풀고 싶으면 언제든지 다시 오라고 했다. 몇 번 머리를 감고 나니 그다지 튀지는 않는다. 여하튼 스타일을 바꾼 후 나는 무한한 마음의 자유를 누린다. 요즘은 CEO 모임에도 청바지와 운동화에 캐주얼 재킷 차림으로 나간다.

마음을 바꾸고 싶은가? 가장 쉬운 방법은 외모를 바꾸는 것이다.

소금밭의 단상

소금밭(염전)이 갖는 의미는 다양하다. 생각이 모락모락 꼬리를 물고 피어오른다. 생각하면 생각할수록 사진 소재로 염전을 선택하길 잘했다고 생각한다. 염전(鹽田)을 한글로 바꾸면 소금밭이다. 밭에 씨를 뿌리고, 거름을 주고, 김을 매며 곡식을 가꾸듯 염전에서는 바닷물을 끌어들여 소금을 가꾼다. 곡식을 거둬들이는 밭이나 소금을 거두는 염전이나 거대한 자연의 힘에 사람의 노력이 더해져 결실을 맺는다는 것이 닮았다. 밭에는 씨를 뿌리고 물을 주지만, 염전에서는 바닷물을 가둬 놓고 계속 물기를 빼 간다. 곡식은 덧셈, 소금은 뺄셈으로 만들어진 것이다. 회화는 덧셈, 사진은 뺄셈이라고 하는데, 역시 염전은 사진에 가깝다.

성경에도 빛과 소금이 되라는 말씀이 있다. 빛은 어두운 곳을 밝혀주고, 소금은 부패하는 것을 막아준다. 빛과 소금이 있으면 우리가 사는 세상도 병들지 않고 건전해질 것이다. 염전은 빛과 소금이 있는 곳이다. 소금은 빛(볕)으로 만들어진 결정체. 거무튀튀한 바닷물, 세상의 모든 더러운 것을 품어 안은 듯한 바닷물에 밝은 빛을 계속 쏘여 밝히고 밝히면 결국은 맑은 소금만 남는다. 소금은 더러운 세상에서 온 물질이다. 혼탁한 이 세상에서 빛을 받아 변신함으로써 부패를 막아주는 생명의 물질이 된다. 소금은 빛이 만든 변화다. 사진은 빛이 그린 그림이다. 빛이 없으면 사진은 없다. 소금과 사진은 빛이 만든 작품이다.

염전에는 존재와 부존재가 함께한다. 소금이 만들어지면서 바닷물은 사라진다. 염전은 죽음과 탄생이 교차하는 곳이다. 염전은 바닷물의 화장장(火葬場)이다. 온갖 세상풍파를 겪은 바닷물이 마지막에 염전으로 몰려든다. 노쇠한 바닷물은 따가운 여름 햇빛(볕)에 화장 당하는 것이다. 바닷물은 죽고 소금이 남는다. 아니 바닷물은 죽는 것이 아니다. 몸은 소금이 되어 남고, 영혼은 수증기로 변해 하늘로 날아가는 것이다. 가을이 오면 힘이 부친 나비가 염전에 빠진다. 영혼은 날아가고 몸만 꽃이 되어 둥둥 떠다닌다. 소금물 위에 떠 있는 나비가 이제 머지않아 차가운 겨울이 올 것이라는 것을 알려준다. 이제 염전도 작업을 끝내야 할 시점이라는 것을 알려준다. 염전은 영혼이 머무는 곳이다. 바닷물의 영혼, 나비의 영혼, 하루살이의 영혼이 있다. 음식물을 소금에 절여 갈무리하듯 염전은 영혼을 갈무리하는 곳이다.

바람이 그림을 그린다. 염전은 큰 폭의 화선지다. 솔솔 바람이 불어 물에 탈 염료를 끌어 모은다. 봄의 꽃가루, 송화 가루, 고운 황토 흙가루를 끌어 모아 바닷물에 탄다. 바람은 붓이다. 거센 바람은 큰 붓, 솔솔 바람은 작은 붓이다. 큰 붓을 휙 휘저어 화선지에 그림을 그린다. 용이 꿈틀댄다. 황하의 큰 물줄기가 굽이쳐 돌아간다. 작은 붓을 움직여 무늬를 그려 넣는다. 햇빛에 소금이 익어가면서 염전에 그린 그림은 바닷물의 외침이 된다. 햇볕을 받아 가며 바람의 연주를 들어 가며 바짝바짝 말라 가는 자신의 몸을 의식한 듯 혼신의 힘을 모아 외치는 고함이 들린다.

염전에는 시간이 쌓여 있다. 공간이 압축되어 있다. 수천 년 응고된 대리석과 같은 질감이 염전에 넘쳐난다. 수천, 수만 년 쌓인 누군가의 사연이 소금으로 변신하고 있다. 작은 염전에서도 세상의 흐름이 한눈에 보인다. 영혼의 소리가 들리고 자연의 순리가 느껴진다.

염전이란 무대 위에 펼쳐진 소금, 생명, 사진은 하나다.

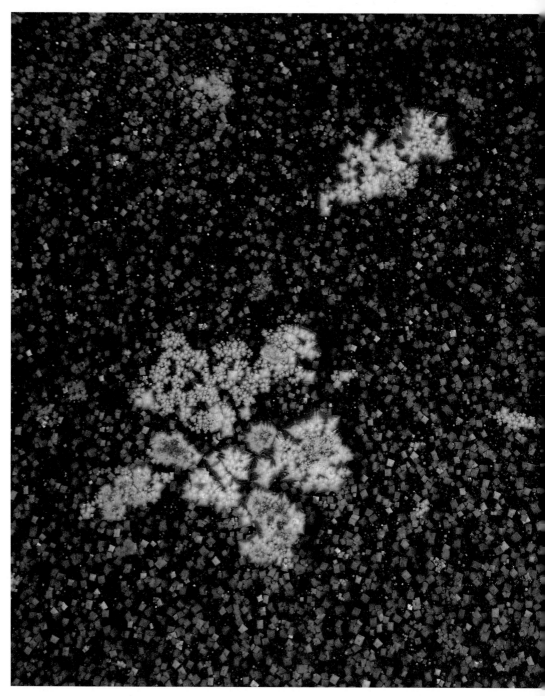

〈소금밭〉 2014
염전에 소금이 영그는 것을 '꽃이 피었다'고 한다. 소금꽃은 자연이 만든 그림이다.

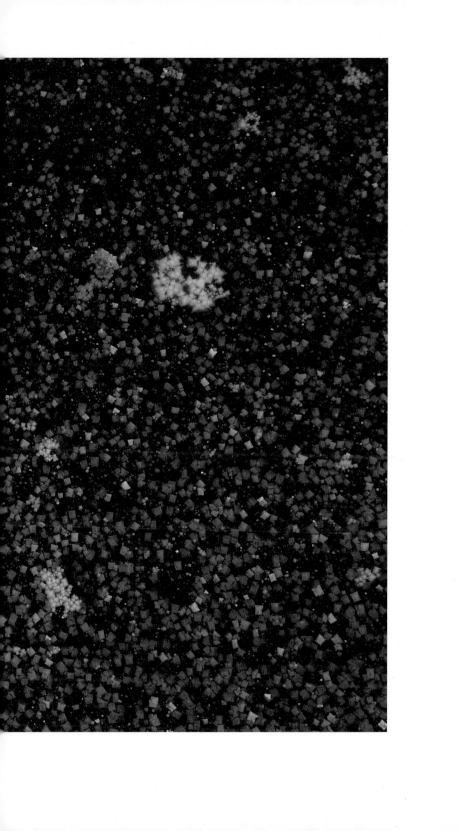

02

미치도록
잘 찍고 싶다

#사진 앞에만 서면 달라진다

그에게서는 신기가 느껴진다. 평상시엔 부드럽기 그지없는데 수업시간엔 까탈스럽기가 사감선생이다. 사진에 어느 정도 자신 있다는 학생들도 그 앞에서는 맥을 못 춘다. 내로라하는 사진 경력도 자신감도 아무 소용이 없다. '이 정도면 되겠지.' 하는 작품을 내놓아도 끝없이 '조금만 더'를 요구한다.

"좀 더 빠져야 돼요.""이 사진은 아름다우면 안 됩니다.""사람의 분위기가 풍겨야 해요.""주위 환경이 더 나와야 합니다." 그의 마음에 든다는 것은 애초에 불가능하다는 생각이 든다. 어떤 작품은 너무 깔끔해서 문제고, 어떤 작품은 너무 아름다워서 문제다.

그는 핀트가 제대로 맞았는지, 세부 묘사가 적절히 표현되었는지 확인할 땐 돋보기 안경을 꺼내든다. 학생들이 얼어붙는 순간이다. 그는 대형 카메라, 필름 카메라를 선호한다. 대형 사이즈로 프린트할 수 있고, 정교한 세부 묘사가 가능하며 필름이 주는 질감을 살릴 수 있어 순수사진을 하는 작가들은 중형 이상의 필름 카메라로 작업을 하는 경우가 많다. 스케일이 있는 사진을 보면 "이 사진은 중형 카메라로 찍었으면 좋았을 텐데……"라고 혼잣말을 한다. 그러나 그 얘기를 혼잣말로 알아듣는 학생들은 없다. 결국 중형 카메라로 다시 작업을 해야 한다. 강요는 안 하지만, 작품을 볼 때마다 그 이야기가 나오기 때문에 별 수 없다. 그는 작품에 관한한 양보와 타협이란 모르는 사람 같다.

동급생 H의 작품은 흑백사진이다. 가로 7인치, 세로 5인치의 흑백사진을 필름 카메라로 촬영한 다음, 암실에서 본인이 직접 현상하고 프린트도 한다. 이것을 가로, 세로로 두

장 혹은 세 장씩 연결하여 작품을 만든다.

그는 두 개의 커다란 책상을 이어 붙인 테이블 위에 수십 장의 사진을 늘어놓고 이어 붙이기를 시작했다. 퍼즐 풀기에 몰두한 소년처럼 사진에 완전히 몰입했다. 두 장의 사진을 가로로 이어 보고 세로로 이어 보고, 이 사진 저 사진 바꿔가며 새로운 이미지를 만들어 본다. 사진 톤과 사진 형태를 연결시켜 사진이 무언가 말을 하게 한다. 사진의 배열을 바꿀 때마다 사진의 스토리가 달라진다. 다 된 듯싶었는데 다시 흐트러뜨리더니 뒤의 것을 앞으로 가져오고 앞의 것을 뒤로 돌린다. 때로는 세 장을 이어 붙이기도 한다. 그의 퍼즐 놀이는 끝이 없다.

중국 북경 전시장에서도 놀이는 계속되었다. 새벽 두 시에 일어났는데 비행기가 연착되는 바람에 하루 종일 공항에서 보내고 저녁부터 전시장 설치 작업을 시작한 탓에, 자정이 넘으니 학생들 모두 파김치가 되어 주저앉았다. 저녁도 제대로 먹지 못했던 상태였다. 그런데도 그는 전시장 벽에 작은 사진을 이리 붙였다 저리 붙였다 하며 퍼즐을 풀고 있었다. 학교에서 수업 시간에 여러 번 맞춰본 사진인데, 마치 처음 본 사진인양 새로 작업하고 있는 것이다. 강의실에서 맞춰 보았던 퍼즐은 이미 까맣게 잊은 듯하다. 전시장에서 퍼즐을 맞추니 새로운 스토리가 나오나 보다. 전시장 관계자는 물론 다른 학생과 작가 본인마저 지쳐서 주저앉아 버렸는데 그는 게임을 계속한다. 직접 못질을 해가며 작은 사진들을 이리 옮기고 저리 옮긴다. 아, 신이 들렸다. 미쳤다.

미치지 않으면 해낼 수 없는 직업, 사진가!

#이 뭐꼬?

'이 뭐꼬?'는 불가에서 참선할 때 쓰는 화두로 '이것이 무엇인가?'의 경상도 버전이다. 호랑이 스님으로 유명했던 선종의 대가 성철 스님이 애용하면서 더욱 널리 알려졌다. 한 가지 주제를 정해 깊이 생각하고 또 생각하면 눈을 뜨게 된다는 것이다. 새로운 세상을 만나게 되는 것이다. 면벽해서 10년간 한 가지 화두만을 생각한다. 스스로 질문하고 또 질문한다. 파고, 파고, 또 파고 들어간다. 그래서 하나를 알게 되면 모든 것을 알게 된다. J교수의 예술 철학 시간은 질문의 연속이다. 진짜 선문답 같다. 무엇이 예술인가? 아는 만큼 보이는가, 보는 만큼 아는가? 아는 것이란 무엇인가? 느끼는 것은? 본다는 것은? 대답을 못하면 쉽게 편하게 생각하라고 한다. 그러나 대답을 하면 또 질문이 이어진다. 기본의 기본을 파고든다. 그렇게 따라가다 보면 깨닫게 된다. 나는 아는 것이 없다. 매일 쓰는 말의 뜻도 이해하지 못하고, 제대로 정의할 줄도 모른다.

어느 날은 예술에 대한 개념 논쟁이 붙었다. 타인이 인정해주지 않아도 예술이 될 수 있는가? 즉 소통이 되어야 예술인가? 아니면 예술이란 타인의 인정과는 상관이 없는가? 미학을 전공하는 K는 소통이 되어야 예술이라고 했다. 나는 남들이 인정해주지 않아도 예술이 될 수 있다고 주장했다. 정답은 없다. 그러나 분위기는 K의 의견 쪽으로 기울었다. 평범한 물건도 갤러리에 전시되고 사람들이 가치를 인정해주면 예술이 된다. 본인이 아무리 경탄해 마지않아도 다른 사람들이 인정해주지 않으면 그냥 쓰레기에 불과하다. 진짜 그런가? 잠시라도 맥을 놓치면 논쟁에서 표류하게 된다. 귀 기울여 열심히 들어도 알

쏭달쏭하기만 하다. 독일의 철학자 이야기에서 갑자기 순댓국 이야기가 나오고, 순댓국에서 불쑥 길에서 돌부리에 걸려 아파했던 기억이 소환된다. 노트 필기를 했는데 나중에 읽어보니 난수표다. 그럼에도 불구하고 예술철학은 흥미롭다. 끊임없이 생각할 거리를 던져준다. 책에 없는 강의를 하시겠다는 말씀이 맞았다. 사진과는 또 다른 세계의 탐험이다. 생각하는 방법의 무궁무진함에 새삼 놀라게 된다.

가볍게 들으라는 말씀과는 달리 내가 아는 철학자 이름이 모두 나온다. 물론 모르는 사람들이 더 많다. 철학 책만 열권은 산 것 같다. 철학 책을 다른 분야의 책 읽듯 읽으니 무슨 얘긴지 모르겠다. 혼자 있는 시간에 주변을 조용히 한 다음에 몇 번씩 읽어본다. 그래도 머리에 들어오지 않는다. 철학 책 읽는 시간이 나에겐 참선의 시간인 셈이다. 교수님은 한 구절 한 구절을 껌 씹듯 졸기졸기 씹어가며 읽으라고 했다. 어떤 책은 번역이 잘못되었으니 영어로 번역된 책을 구해서 읽으라고 한다. 결국은 몇 페이지 읽다 만 책만 늘어 간다. 그런데 신기한 것은 예술에 관한 이야기, 아름다움에 관한 이야기, 사진에 관한 이야기가 철학 책 속에 모두 들어 있다. 그것도 2,400년 전 플라톤부터 시작한다. 플라톤 이후 '서양의 2,000년 철학은 모두 플라톤의 각주에 불과하다.'는 말이 실감난다. 학창 시절 철학 공부를 안 하길 잘한 것 같다. 만약 철학에 빠졌다면 아무래도 헤어 나오지 못했을 것이다. 철학자들이 모두 비쩍 마른 게 그 때문이 아닐까, 혼자 웃어본다. 교수님은 이 수업을 듣고 나면 몇 개의 질문이 남을 것이라고 했다. 삶의 본질은 질문하는 방법을 배워가는 것이 아닐까?

예술은 무엇인가? 사진은 무엇인가?

아, 이 뭐꼬?

#내 안엔 내가 너무도 많아

"다음 시간에 자화상을 10장 찍어 오세요."

B교수의 엄명이다. 포트레이트 수업에 염전 풍경 사진을 갖고 간 것이 화근이었다. 이번 학기는 인물 사진 실기를 두 과목 신청했는데, 내가 계속 촬영한 사진은 풍경 사진이었다. 풍경 사진으로 졸업 작품 전시까지 때울 생각을 갖고 있었는데 장벽에 부딪친 것이다. 그날부터 고민이 시작됐다. 이번 10장으로 끝나는 것이 아니라 2주마다 새로운 자화상 사진을 갖고 가야 한다. 일단 첫 작품은 나의 생활을 찍기로 했다. 아침에 일어나 목욕하고 샤워할 때부터 밖에서 활동하고 있는 다양한 나의 모습을 주제로 잡았다. 복장과 환경으로 나를 특화시킬 생각이었다. 샤워 후 누드에 큰 타올을 두른 나의 모습, 잠옷을 입은 부스스한 나, 작업복을 입고 그림을 그리는 나, 정장을 입고 빌딩 앞에 서 있는 모습, 캐주얼을 입고 커피숍 앞에 서 있고, 헐렁한 추리닝을 입고 운동장에 있는 모습을 촬영했다. 등산, 촬영, 산책 등으로 시간, 장소, 상황에 따라 옷과 헤어스타일을 바꿔가며 작업을 진행했다. 지나가는 사람들이 보았으면 영 미친놈이라 생각했을 것이다. 셀프타이머로 촬영하느라 이상한 복장을 하고 카메라 앞을 혼자서 뛰어다니는 모습이 내가 생각해도 우스꽝스러웠다.

그래도 첫 작품은 무난히 통과됐다. 다음이 문제였다. 어떻게 10장을 만들지 도저히 감이 잡히지 않았다. 이틀 동안 면도도 하지 않고 덥수룩한 내 모습을 만들었다. 세수도 하지 않고 헝클어진 머리, 덥수룩한 수염, 꺼칠한 피부 등 망가진 모습이 두드러지게 클로즈업하여 촬영했다. 그런 모습을 전후좌우 4면을 찍었다. 보다 거친 느낌을 주기 위해 프린트도 흑백으로 했다. 마치 고뇌하는 철학자 같았다. 다음은 깨끗이 면도하고 머리도 단정히 빗어 넘기고 흰 셔츠에 넥타이를 반듯하게 매고 회사 출근 하는 스타일로 촬영했다. 똑 같은 나인데 전혀 다른 느낌이었다. 이 사진을 고등학교 앨범 사진과 수채화로 그린 자화상과 함께 전시했다. 사진을 찍으면서 진짜 나의 모습은 무엇일까 궁금해졌다. 모두들 재미있다는 반응이었다. 자화상 작업은 계속 이어졌다.

오랜 고민 끝에 이번 작업은 마이크로 렌즈를 써서 나의 신체 부위를 10센티미터 간격으로 정밀촬영하기로 했다. 눈, 귀, 배꼽, 젖꼭지, 눈썹, 머리카락 등을 접사촬영 했다. 기괴하기도 하고 망측하기도 했다. 내 딴에는 인체의 세부 모습에서 세상의 다른 모습을 찾아보고 싶으나, 결론은 실패였다. 삼성병원 의사들에게 의학 참고용 자료로나 갖다 주라는 혹평을 받았다. 다음엔 사진으로 자화상을 찍고, 그 사진을 수채화로 그리고, 수채화로 그린 자화상을 다시 사진으로 찍었다. 그리고 자화상 사진과 수채화 사진, 수채화 원본을 함께 전시했다. 예술에서 많이 다루어지는 '무엇이 진짜고 무엇이 가짜냐?'는 논쟁을 표현한 것이다. 제목도 '진사모사(眞寫模寫)'라 붙였다.

다음 작업은 태어난 지 한 달 된 손주와 아들, 나, 3대의 사진을 찍었다. 나이 간격도 35년, 34년으로 얼추 비슷했다. 35년 시차를 두고 보는 나의 모습이다. 장년의 아들과 갓 태어난 손주의 얼굴에서 나를 찾아본다.

사진은 탐험과 같다. 미지의 세계를 찾아 떠나는 여행, 그래서 늘 신기하고 설렌다. 그 중에서도 자화상은 미지의 나를 탐험하는 작업이다.

〈하루살이 꽃〉 2014
영전에는 꽃을 바친다.
하루살이는 찾아오는 사람이 없어
스스로 꽃을 만들었나 보다.

#빛 속에 답이 있다

"빛을 보게 해주셔서 감사합니다." 한 나이든 학생이 K교수의 조명 수업을 듣고 난 후 편지에 쓴 글이다. 그 학생은 말이 학생이지, 오랫동안 사진 스튜디오를 경영하면서 인물 사진을 촬영해온 분이다. 그런데 조명 수업을 듣고 나서 빛을 보는 눈이 새롭게 트였다는 것이다. 조명을 알면 사진을 보는 눈이 달라진다. 사진이 빛으로 그린 그림이라는 말처럼 빛에 따라 사진이 달라지기 때문이다. 조명은 마술사다. 특히 인물 사진은 조명이 더욱 중요하다. 조명을 어떻게 쓰느냐에 따라 둥글고 평퍼짐한 얼굴이 계란형의 미인이 되기도 하고 평범한 이웃 아저씨가 카리스마 넘치는 보스로 변신하기도 한다. 탤런트들이 왜 조명 감독에게 각별히 신경 쓰는지 알 수 있다.

예쁜 선생님이 담당하는 인물 사진 강좌는 학생들에게 인기 만발이다. 인물 사진 작업을 하는데 자연광에서 시작하여 창문 조명, 인공조명 하나, 인공조명 둘, 인공조명 다섯까지 매주 한 단계씩 조명이 늘어나는 수업이라 어렵긴 하지만 재미있다. 수업에서 배운 내용을 바탕으로 매주 다른 사진을 촬영하고 프린트해서 갖고 가야 한다. 처음에는 간단히 촬영할 수 있는 작품이지만 시간이 갈수록 스튜디오에서 조명 기구를 갖춰 촬영해야 하는 작업이라 부담이 만만치 않다. 처음은 야외 촬영이었다. 밝음과 어둠이 적절히 조화되면서 인물의 특성을 표현해야 한다. 나는 가장 만만한 아내를 전속 모델로 쓰기로 했다. 집 근처 서울대학교를 촬영 장소로 정하고 하루 종일 아내를 모시고 다니며 촬영을 진행했다. 많이 찍었던 인물 사진인데 막상 빛을 염두에 두고 촬영하려니 좀처럼 맘에 드는 사진이 나오지 않았다. 다음은 실내에서 창문으로 스며드는 광선을 활용해 연예인 같은 사진을 만드는 작업이다. 하얀색 침대가 있는 딸 방을 스튜디오로 정하고 검은 전지 두 장을 이어서 배경을 만들었다. 아내에겐 앞이 깊게 파진 검은 색 원피스를 입히고 촬영했다.

　다음부터는 조명을 쓰는 사진이었다. 멀리 보이는 풍경도 자연스럽게 보이면서 인물이 클로즈업된 사진을 찍어야 했다. 카메라 노출은 원경에 맞추고 플래시를 얼굴에 터뜨려야 한다. 불가피하게 조명 세트를 샀다. 소프트박스가 붙어 있는 이동식 조명 기구다. 사진 촬영할 날은 하루뿐인데, 그날 비가 내렸다. 할 수 없이 아파트에 있는 중간 옥상으로 올라갔다. 나무도 있고 꽃도 있고 어린이 놀이터와 퍼팅 연습장도 있지만 주로 흡연하는 남자들이 애용하는 공간이다. 아내가 우산을 쓰고 밖에 서 있고 나는 현관에 카메라와 조명 기구를 설치한 채 임시 사진을 찍었다. 그래도 펑 펑 플래시를 터뜨렸다. 사실은 멀리 구름이 보이는 풍경을 사진에 넣고 싶었는데 잿빛 하늘만 보였다.

　이제 본격적으로 조명을 쓰는 실내 사진인데 스튜디오를 빌리기도 번거로워 집에서 해결하기로 했다. 조명 기구를 두 개 쓰는 것까지는 어떻게 해결하겠는데 세 개, 네 개 늘어나니까 정말 힘들었다. 얼굴에 그림자도 넣고, 머리카락도 반짝이고, 어깨 뒤로 선이 퍼지는 사진을 찍어야 했다. 눈동자에 반짝이는 아이캐처도 들어가야 한다. 집에서 촬영하려니 모든 조명 기구를 다 동원했다. 그림 그릴 때 쓰는 조명등은 훌륭한 제2의 조명 기구 역할을 해주었다. 흰 전지를 사다 반사판 대용으로도 활용했다. 물론 은색 반사판도 썼다. 방안에 붙어 있는 형광등이나 백열전구도 활용했다. 삼각대에 카메라를 설치하고, 받침대 달린 조명 기구에 소프트박스를 얹어 놓고, 반사판을 비스듬히 설치하고, 그림용 조명등과 독서용 좌등까지 총출동했으니 어수선한 분위기가 딱 스튜디오 같았다.

　그런데, 조명이 들어가니 사람이 달라 보인다.

　역시 빛은 마술사다.

#자유로운 영혼의 K교수

풍경 사진 수업도 인상 깊었다. 염전을 주제로 풍경 사진을 찍고 있었던 나로서는 꼭 듣고 싶은 강의였다. 미국에서 공부하고 오신 K교수는 전형적인 예술가였다. 학교 들어오기 전부터 K교수를 알고 있었던 한 동급생은 그를 자유로운 영혼의 소유자라고 소개해 주었다. 그는 특히 프린트에 조예가 깊었다. 우리나라 최고 수준의 프린트 회사와 사진 학원을 경영하였으나 사업은 성공하지 못했다고 한다. 외국 작가들이 한국에서 전시할 때 단골로 프린트를 의뢰하던 곳이었는데 지금은 문을 닫았다. 우리나라에 제대로 된 프린트를 보급하고 싶어서 많은 투자를 했는데 아직 그 가치를 제대로 알아주지 못한 것 같다.

교수님은 '필름은 악보, 프린트는 연주'라는 안셀 아담스Ansel Adams의 말을 자주 인용하셨다. 미국 요세미티 국립공원의 장엄한 풍경을 찍은 안셀 아담스의 작품도 프린트가 만들어낸 것이라며, 그의 암실을 방문했을 때의 감동을 실감나게 이야기했다. 첫 수업 시간에는 사진 책을 큰 여행 가방으로 하나 가득 들고 오셨다. 50여 권도 더 되어 보였다. 하나 같이 손때 묻은 낡은 책들이었다. 안셀 아담스, 리차드 미즈락Richard Misrach, 마이클 케나Michael Kenna 등 세계적인 대가들이 직접 사인해준 책들도 많았다. 표구된 본인의 사진도 6개나 들고 오셨다. 직접 사진을 보여주고 싶은 열정이 느껴졌다. 말이나 영상으로 보여주는 것이 아니라 직접 작품을 보여주고 싶었던 것이다. 그는 강의실 조명이 백열등이 아닌 형광등이라 사진의 분위기가 살아나지 않는 것을 못내 아쉬워했다.

K교수의 장래 꿈은 카페에서 연주하는 것이라고 했다. 그는 음악을 좋아했다. 강의 시간에 사진을 설명하면서도 멜로디를 흥얼거렸다. 예순이 가까운 나이인데도 곱슬머리 장

발에 가죽조끼를 입고, 게다가 오토바이를 타고 다녔다. 전라도 광주로, 경주로 사진 강의를 다닐 때도 항상 오토바이와 함께였다. 가끔은 자신의 SUV 차량에 그의 가장 친한 친구인 덩치 큰 개를 태우고 학교에 오기도 했다. 겉과 속이 한결같은 예술가였다.

하지만 자유로운 영혼의 강의는 엄격했다. 그는 한 번도 강의 시간에 늦은 적이 없었다. 풍경사진 수업은 수요일 저녁이라 각종 전시회 오프닝 행사와 겹치는 날이 많았다. 같은 학과 선배의 개인전이라도 열리는 날엔 의무적으로 참석해야 한다. 그런 날은 대개 전시회 참관으로 강의를 대체한다. 그러나 K교수는 그날도 수업을 했다. 공교롭게도 개강 첫 날이 전시회 오픈과 겹쳤다. 풍경 사진 수업을 듣는 학생들은 전시장 옆의 커피숍에 따로 모여 개강 강의를 들어야 했다. 또 학기 중에 오프닝이 있었던 적도 있었다. 그날은 뒤풀이 하는 식당에서 수업을 했다. 다른 사람들은 식사하고 술 마시며 전시회 이야기를 주고받는데, 우리는 따로 구석에 모여 숙제로 찍어온 사진을 펼쳐 놓고 수업을 받았다.

그는 사진에 관한한 탁월한 감수성을 가졌다. 어떤 사진을 내 놓아도 거기에 적절한 조언을 해주었다. 그리고 그의 손은 마술사였다. 평범하던 사진이 그의 손만 거치면 예술작품으로 둔갑했다. 지루하고 무심한 무덤 사진들을 어떻게 잘라내고 재배열하자 그럴듯한 작품이 되었다. 부식된 철판과 엑스레이 사진도 훌륭한 작품이 되었다.

작곡도 훌륭해야 하지만, 좋은 연주가 작품을 살리는 것은 분명하다.

#사진 공부의 정석, 사진사(寫眞史)

스마트폰과 디지털 카메라의 보급으로 전 국민 사진가 시대가 되었다. 이제 사진은 생활의 한 부분이다. 사진을 전문가 수준으로 찍는 사람들도 늘어나고 있다. 그러나 사진이 무엇인가에 대한 해석은 각양각색이다.

2015년 3월, 파리의 퐁피두센터에서 '사진이란 무엇인가?'라는 주제의 전시회가 열렸다. 사진가들이 내놓은 대답은 '보고 싶은 욕망, 빛에 끌림, 약속, 노출, 카메라 옵스큐라, 순간성, 관점, 신비한 마력, 반영, 수수께끼, 진실에 이르는 것, 상징적 해석 ⋯⋯' 등등으로 다양했다. 관점에 따라 사진은 다른 모습으로 비춰진다. 이러한 사진을 가장 빠르고 균형 있게 이해하는 방법은 세계 사진사를 공부하는 것이다. 대학원 입학 후 기초 실력의 부족을 절감해 학부 과목을 청강하려 했을 때, 지도교수가 제일 먼저 추천해준 과목도 사진사였다. 덕분에 사진사 강의는 두 번 들었고, 사진사에 관한한 국내에서 구할 수 있는 모든 책을 보았다. 그래도 현대 사진사에 대하여는 부족함을 느낀다.

무엇보다 사진의 역사는 흥미롭다. 그 역사가 아직 180년이 안 되었음에도 불구하고 그 발전상은 천변만화와 같다. 우리의 생활과 산업 곳곳에 사진이 존재한다. 사진은 19세기 산업혁명의 와중에 태어나 세계 1, 2차 대전을 거치며 성장했다. 이후 디지털 카메라 대중화와 인터넷 시대가 도래하면서 사진은 더욱 강한 권력이 되어 있다. 필름 회사가 급성장했다가 역사의 뒤안길로 사라지고, 인기를 끌던 카메라 회사가 고전하고, 사회를 선도하던 세계적 사진 잡지가 사라지는 등, 사진 비즈니스의 변화는 그 어떤 분야 못지않게 다이나믹하다.

　프랑스에서 미학을 전공한 P교수의 사진사 강의는 학생들에게 인기가 좋다. 다큐멘터리 전공 강의인데 순수사진 전공 학생들도 많이 듣고 졸업생들까지 와서 청강한다. P교수는 사진사를 기술의 발달, 지식의 발전, 예술의 진화, 이렇게 세 가지 관점으로 보았다. 사진 기술의 핵심은 이미지를 빛으로 옮겨 형상화시키는 감광물질의 개발이다. 셀룰로이드 필름이 나오기 전까지 50년 동안 은으로 도금한 구리판, 감광 처리된 종이, 유리판 등이 사용되었다. 사진은 비용이 많이 들고 전문가들만이 다룰 수 있는 불편한 기술이었다. 반면에 사진을 찍는 카메라의 원리는 꽤 일찍부터 활용되어 왔다. 빛으로 이미지를 그려내는 방식은 11세기 무렵부터 사용되었고, 르네상스 시기인 15세기부터는 화가들이 카메라 옵스큐라를 써서 인물을 스케치했다고 한다. 카메라의 핵심 부품인 렌즈도 16세기 초에 나왔으니 사진이 탄생할 여건은 충분히 성숙된 것이다. 초기 사진기는 네모난 상자에 렌즈를 붙이고 앞에 감광판을 붙인 것으로 이동하기 불편했다. 사진이 대중화된 것은 19세기 말 셔터가 개발되고, 휴대용 카메라와 셀룰로이드 필름이 확산되면서부터다. 초기 사진은 회화에서 연장된 초상 사진에서 시작하여 풍경 사진, 여행 사진, 예술 사진, 다큐멘터리 사진 등으로 발전하였고 의학 사진, 지질 사진, 동식물 사진, 천문 사진, 기록 사진, 사회 사진 등 지식의 발전과 함께 다양한 영역으로 확산되었다.

　사진의 역사는 가장 압축된 인간의 감성과 지능의 발달사이다.

〈유채꽃 나라〉 2011
신선이 사는 나라다. 꿈에 본 나라다. 끝없이 노란 꽃이 펼쳐져 있다. 그 위에 아침 안개가 드리워져 있다. 멀리 산들이 겹겹으로 보인다.
대학원 입학을 위해 만든 최초의 포트폴리오다.

#먼저 힘을 빼라

어느 재벌 회장이 유명 골프 선수를 초청하여 라운딩을 했다고 한다. 한 수 가르쳐 달라고 하니 "회장님, 고개 들지 마시고 어깨에 힘만 조금 빼면 됩니다."라고 했다. 골프뿐 아니라 스포츠에서 가장 많이 듣는 얘기가 힘을 빼라는 것 아닐까? 수입자동차 회사 CEO였던 K는 양평 근처에서 농사를 지으며, 취미로 생선회 뜨는 기술을 배우고 있다. 생선회를 뜨는 데도 힘을 빼야 한다는 것이다. 힘을 주면 회가 다 뭉그러져 모양도 맛도 제대로 살릴 수 없다. 힘을 빼고 뼈와 살 사이를 빠르게 미끄러지듯 움직여야 한다. 야구 중계에서도 '힘이 들어가 있다'는 해설을 자주 한다. 에이스 투수가 부진할 때도, 홈런 타자가 헛스윙을 할 때도 어깨에 힘을 빼야 한다고 말한다. 그만큼 익숙한 얘기다. 그런데, 사진을 하면서도 그 얘기를 들을 줄은 정말 몰랐다.

새로 풍경 사진 강의를 맡은 K교수가 지금까지 촬영한 사진을 모두 가져오면 개인 상담을 해주겠다고 제안했다. 이제까지는 2주마다 촬영한 사진을 가져가서 리뷰를 받았는데, 별도로 시간을 내서 특별 과외를 해주겠다는 것이다. 2주 후, 나는 다른 학생들보다 한 시간 일찍 K교수를 만났다. 초보 시절부터 찍은 사진들을 모두 보여드렸다. 그런데 의외로 대학원 입학을 위해 만든 포트폴리오가 가장 좋다고 하신다. 안개를 주제로 찍은 사진들이었다. 대학원에 입학하기 위해 급히 포트폴리오를 만들어야 했는데, 여행 다니며 찍은 사진들 중에 예술적 느낌이 나는 괜찮은 작품들을 골라 보니 모두 안개 낀 풍경을 찍은 사진이었다. 그래서 주제를 '안개'로 정하고 여름 기간 동안 안개 사진을 집중적으로

56
57

촬영해서 포트폴리오를 완성했다.

한마디로 아직 정리되지 않은 아마추어 사진이다. 그런데 그 사진이 가장 좋다고 한다. 대학원 들어와 열심히 찍은 안개 마을 이야기나 염전 사진은 별로라고 한다. 최근에 찍고 있는 풍경 사진들도 눈에 띄지 않고. "왜 아마추어 때 찍은 사진이 더 좋은가요?"라고 물어 보았다. "대학원에 들어와 찍은 사진들엔 힘이 들어가 있어요. 억지로 찍은 것 같아요. 자유로워져야 합니다. 힘을 빼세요. 편안히 찍으세요." 사진 고수의 충고다. 맞다. 언제부터인지 무엇에 쫓기는 듯 사진 작업을 했다. 2주에 한 번씩 10장의 새로운 사진을 들고 가야 하는 부담감도 일조했을 것이다. 명색이 예술사진을 전공하는 대학원생인데 사진을 잘 찍어야 한다는 압박감도 힘이 들어가게 했을 것이다. 나만의 특별한 사진을 만들어 내야 한다는 전문가 의식도 한몫해 나도 모르는 사이에 병이 든 것이다. 사진 찍는 재미를 잃은 것이다. 즐거움을 잃으면 본질을 잃는 것이고, 결국은 길을 잃는 것이다.

다시 즐기면서 사진을 찍던 아마추어 시절도 돌아가야 할 것 같다. 왜 사진을 찍는가? 왜 사진을 배우는가? 그걸 다 잊어버리고, 어느 틈엔가 사진에 얽매여 끌려 다니고 있었다. 욕심이 앞서니 힘이 들어가고 사진은 점점 더 망가졌다. 매일 연습장에 나가 공을 수백 개씩 치는데 스윙은 점점 더 망가지는 것과 같은 이치다. 즐기면서 찍을 때 좋은 사진이 나오고, 힘을 빼고 작업할 때 좋은 작품이 나온다는 것은 진리다. 인생의 원리는 단순하고 보편적이다.

골프도, 야구도, 생선회도, 바이올린도, 사진도 모두 힘을 빼야 한다.

#하지 말라는 것만 골라서 한다

"하지 말라는 것만 골라서 한다. / 가령 내 친구 청명한의원 엄익희 원장이

약 먹는 동안 술 먹지 마세요, 하면 / 짬뽕 국물에 소주 마시고

대학로 마리안느 가서 / 2차로 흑맥주 마신다……"

조용하면서도 낭랑한 목소리로 시 한 편을 읽는다. 류근 시인의 '생존법'이란 시다. 조용히 교수님의 말씀이 이어진다. "자기만의 것을 찾아라. 좋은 작가는 다르게 사는 사람들이다. 내가 주어가 되는 사람들이다."

주로 젊은 작가 지망생들을 대상으로 한 이야기이지만 예술의 본질, 예술가의 길을 암시하는 말들이다. 남들이 가는 길을 따라가지 말고 힘들더라도 자기만의 길을 찾으라는 충고다. 문학 강의가 아니라 순수사진 전공의 '사진과 미술' 수업 풍경이다. 시만 아니라 수필도 읽고 평론도 읽는다.

P교수의 '사진과 미술' 강의는 늘 인기다. 대학원 1기부터 5기까지의 학생들이 함께 수강하고 청강생들도 많다. 순수사진 쪽에서 개설한 강의인데 광고나 저널리즘을 전공하는 학생들도 수강한다. 일단 수업을 시작하기 전에 시를 한 편 프린트해서 나누어 준다. 그 시를 함께 읽고 감상을 나누면서 수업을 시작하는 것이다. 꼭 보아야 할 전시회도 추천해 준다. '히로시 스기모토(ひろしすぎもと)'의 사진 전시를 비롯하여 박수근 탄생 100주년 기념전, 유명 화가들의 드로잉 전시, 자수 전시, 애니미즘 전시 등 회화, 영상, 공예 등 다양한 분야가 포함되어 있다. 가끔은 아마추어 작가나 신인 화가의 전시도 함께 가고 인사동

의 몇 개 안 남은 골동품 가게도 방문한다.

오늘 강의의 주제는 인물화다. 조선 시대 선비의 초상부터 시작하여 현대 형상미술에 이르기까지 초상화, 사진, 콜라주, 서양화를 넘나든다. 조선시대 강세황의 어진, 윤두서의 자화상도 보여준다. 카메라도 없던 시절, 실물을 보면서 얼굴의 수염 하나까지 정밀 묘사한 솜씨가 신비롭다. 인물의 혼을 담은 육명심의 초상, 정체성에 시달리는 불안한 느낌을 표현한 오형근의 소녀시대 시리즈도 보여준다. 전통적 초상화 기법을 활용한 김호섭의 성철 스님에 대해서도 소개한다. 조선시대 도화서 화가 못지않다. 사진은 디테일을 뜯어 먹는 것이라고 세부묘사를 강조한다.

그런가 하면 자기 사진을 찢은 다음 다시 조각조각 이어 붙여 자기의 내면을 표현한 안 창홍의 사진을 콜라주한 자화상, 중학교 졸업사진을 흉측하게 아크릴로 변형시킨 기념사진, 사진을 모자이크하여 바느질한 구본창의 몸 사진 '태초에'를 설명한다. 일반적인 몸 사진과 전혀 다른 느낌이 난다. 상처를 파고드는 것 같기도 하고 울퉁불퉁한 남성미를 더욱 자극하는 것 같기도 하다. 아름다운 백자 사진으로만 기억했는데, 이렇게 과감한 사진을 찍었다니 놀랍다. 사진에 바느질을 한 윤지선의 촉각적인 사진 작품도 있다. 자기만의 것을 찾는 처절한 몸부림을 보는 것 같다. 하나같이 낯설다. 어떤 작품은 보기 불편하다. 인간 내면의 모습이 원래 그런가 보다.

같은 인물 사진, 인물 그림인데도 이렇듯 표현 방법이 다양하다. 인물의 겉모습이 아니라 그가 가진 내면을 묘사해야 하는데 그것이 어렵다. 그것을 남이 하지 않는 방법으로 표현해야 한다. '하지 말라는 것만 골라서 한다'는 류근 시인처럼 예술가는 남들이 하라는 것을 하는 인생이 아니라, 자기만의 인생을 사는 사람이다. 남의 시선을 의식하지 않고 자기만의 길을 가는 사람이다.

시든, 그림이든, 사진이든 똑같다.

보지 않고 찍는 사진

대학원 동기 중 남학생이 한 명 더 있다. 엄격히 따지면 선배도 되고 후배도 된다. 휴학, 자퇴, 재
입학을 반복하며 대학원을 10년에 걸쳐 다니고 있다. 현재 학번으로 따지면 1년 후배인데, 처음
입학한 학번으로 보면 10년 선배. 사진 기술에 관한한 이미 전문작가다. 동호인들과 함께 흑백
사진 스튜디오 겸 암실. 갤러리가 있는 사진 연구소를 경영하고 있다. 거기서 사진 강의도 한다.
매일 사진을 찍고 암실에서 본인이 직접 현상·인화를 한다. 30대 후반으로 아직 미혼인 그는 다
양한 경력을 갖고 있다. 유학을 가서 음악을 전공했고 요리도 공부했다. 시와 미학도 공부했다.
미학을 이야기할 때면 사람이 달라진 듯 신이 나서 시간이 가는 줄 모른다. 앞으로 박사과정에 진
학해 사진의 미학을 공부하고 싶다는 희망을 갖고 있다.

　그는 흑백사진만 찍는다. 옛날에 많이 찍었던 35밀리 필름 카메라를 쓴다. 그는 카메라에 눈을
갖다 대지 않고 사진을 찍는다. 촬영 대상을 눈으로 보지도 않고 초점도 맞추지 않는다. 노출, 타
임을 감각으로 설정한다. 사람도 찍지만 사람의 앞 얼굴은 찍지 않는다. 뒷모습이나 목 아래, 손
이나 다리, 액세서리를 찍는다. 머리, 다리를 자르면 안 된다고 하는데 그의 사진에는 과감히 잘
려 있다. 감각으로 찍는 것이다. 느낌을 찍는 것이다. 매일 일상생활에서 사진을 촬영하기 때문에
작업량은 엄청나다. 이렇게 촬영한 사진을 자신만의 톤으로 프린트한다. 사진 사이즈도 A4 한 장
크기 정도로 자그마하다. 시간도 다르고 빛도 다르고 장소도 다양한 상황에서 촬영한 사진인데,
마치 한 장소에서 동시에 찍은 듯 사진 톤이 일정하다. 그는 특별한 프린트 기술을 갖고 있다. 전
시할 때면 이 사진들 중 20~30장을 선택해 짝을 지어 보여준다. 둘씩, 셋씩, 또는 하나를 따로
떼어, 가로 혹은 세로로 짝을 맞춘다. 뭔지 모르지만 스토리가 느껴진다.

그의 사진을 보면 마치 히치콕 영화를 보듯 무언가 일이 벌어질 것 같다. 어두운 골목길을 걸어가는 사람의 다리, 목을 자른 상반신 모습, 어둠에 가려진 차고, 빛을 잃은 샹들리에, 길옆의 화분, 길가의 작달막한 가로수, 광고판, 곧게 뻗은 골목길, 짙은 그림자가 드리운 담벼락 등 풍경, 정물, 인물을 실내, 실외 가리지 않고 찍는다. 그의 사진을 보면 낯설다. 그의 느낌이 강하게 풍긴다. 언뜻 우리 세상이 아닌 다른 세상인 듯도 하다. 어떤 사진을 고르고 어떻게 배열하느냐에 따라 무궁무진한 스토리를 연출할 수 있다. 사진 톤은 같은데 내용은 자주 바뀐다. 기분에 따라 사진도 다르다. 우울할 때면 사진이 더 어둡고 침침하다. 불안하다. 컨디션이 좋을 때는 같은 사진이지만 안정감이 있어 보인다. 그를 보면 사진이 작가의 마음을 표현한다는 말을 실감한다.

건강도 좋지 않은데 지하의 어두운 암실에서 화학약품 냄새를 맡아가며 프린트 작업을 한다. 건강을 위해서는 암실 작업이 좋지 않은데 그래도 그 순간이 그에게는 가장 행복한 시간이라고 한다. 그를 만나면 제일 먼저 건강을 물어보고 컨디션을 물어본다. 그가 기분이 좋으면 우리 동기들 모두 분위기가 밝고 그가 우울해 하면 우리 모두 안타까워한다. 한 동안 여자친구를 만나면서 사진도 밝아지고 표정도 밝아지고 건강해 보였다. 그가 기획한 사진 전시회 서문 중 '상처가 모이면 변화가 된다.'는 구절이 마음에 남아 있다. 그에게 변화가 왔으면 좋겠다. 그가 행복했으면 좋겠다.

사진은 사람을 행복하게 한다.

김현태 〈SEOUL〉 2013
서울이 낯설다. 여기서 태어나 40년 가까이 살아온 도시인데
아직도 적응이 안 된다.

03

멀고도 험한
예술가의 길

#출사 백번 의자현

염전 촬영을 계속하면서 '독서백편의자현(讀書百遍義自見)'이라는 고사성어가 떠올랐다. 모르는 글도 백 번 읽으면 그 뜻을 저절로 알게 된다는 의미다. 사진도 한 가지 주제를 정하고 백 번 촬영을 나가면 의미를 알게 되지 않을까. 백 번 촬영을 나가면 사진에 끌려가지 않고, 내가 사진을 끌고 갈 수 있지 않을까.

한 번 출사를 나가서 200커트의 사진을 촬영한다면, 백 번 출사에 20,000커트의 사진을 찍게 된다. 그중 20커트의 사진을 골라 작품을 만든다. 대부도 염전 작업을 하면서 실제로 백 번 출사에 도전했다. 결국 백 번에서 조금 모자란 96회 출사를 나간 후, 개인전을 했다. 수업 시간에 백 번 출사 목표를 발표했을 때 아무도 관심을 보이지 않았다. 작품의 질이 출사 횟수와 비례하는 것도 아니고, 실제로 그렇게 하지 못할 것이라 생각했기 때문이다.

남들 눈엔 미련해 보이는 백 번 출사의 목표를 정하니, 마음이 편안해졌다. 사진을 못찍어도 마음에 들지 않아도 괜찮았다. 염전을 나의 연구실, 개인과외 교습장이라 생각했다. 화학자가 새로운 물질을 찾아내기 위해 연구실에서 무수한 실험을 하듯 나도 염전에서 실험을 반복했다. 작업을 통해 사진을 배운다 생각하니 출사가 편해졌다. 물론 백 번출사가 쉬운 일은 아니다. 대부도에 촬영을 가려면 오가는 시간 3시간에 촬영 3시간, 꼬박 6시간 이상을 투자해야 한다. 출사 나가는 날이 날씨가 좋지 않은 경우도 많았다. 학교수업이 있거나 일을 해야 하는 날은 화창하고, 출사를 나가는 날은 흐리거나 안개가 꼈다.

그래서 평일 주말 불문하고 날씨가 좋은 날은 무조건 카메라 가방을 챙겼다. 장마철에는 서울에서 일을 보다가 해만 보이면 염전으로 달려갔다.

염전 작업 초기에는 그냥 소금만 보였는데, 시간이 흐를수록 보는 눈이 깊어졌다. 60번 정도 작업을 나갔을 때부터 변화가 왔다. 반쯤 농축된 소금물을 가둬놓은 웅덩이에 까맣게 앉은 하루살이 떼가 보였다. 그 모습은 마치 하늘에서 내려다본 인간 군상 같았다. '하루살이=사람'이라는 엉뚱한 상상도 하게 됐다. 소금물 위에 떠 있는 나비도 보였다. 지도교수에게 처음 칭찬을 받은 것이 그즈음의 사진이다. 그러나 그 후도 역시 헤매기는 마찬가지였다. 80번 정도 작업을 나갔을 때 작품을 보는 눈이 조금 튼 것 같다. 그러더니 사진의 커트 수가 눈에 띄게 줄어들었다. 어떤 날은 100커트도 찍지 못하고 돌아왔다. 커트 수가 줄어든 것과 비례해 생각하는 시간이 늘어났다. 시간이 흐르면서 촬영 범위도 점점 좁아졌다. 촬영 대상이 대부도 전체에서 염전으로 모아졌고, 염전 안에서도 7개 구역으로 나눠져 있는 염전 전체를 찍다가, 나중에는 그중 한 곳만 집중적으로 찍게 되었다. 하나를 깊이 탐구하면 모든 것을 알 수 있다는 원리가 여기서도 통하는 듯하다. 처음엔 소금을 찍었는데 시간이 갈수록 염전의 외곽 쪽에 시선이 더 많이 갔다. 소금 자체 보다 염전을 둘러싼 배경에서 생명의 모습을 채집하려 한 것이다.

비로소 사진을 공부하면서 왜 철학을 얘기하는지 알 것 같았다.

많이 찍으면 길이 보인다.

#푼크툼을 찾아라

사진을 보는 순간, 가슴을 푹 찌르는 무엇이 있어야 한다.

그것은 논리적 해석도 아니고 이성적 이해도 아니다. 프랑스의 철학자 롤랑 바르트는 그것을 '푼크툼punctum'이라 불렀다. 푼크툼이란 라틴어로 뾰족한 도구에 의한 상처, 찔린 자국, 흔적을 지칭하는 말인데, 사진에서는 주제가 아닌 작은 요소들이 의외로 마음을 끌어당긴다는 의미로 쓰인다.

롤랑 바르트의 책에서는 뉴욕의 이탈리아인 거주지 아이들을 찍은 사진을 예로 들었다. 아이 세 명이 웃고 있는데, 얼굴이 보이지 않는 한 어른이 장난감 권총을 겨누고 있는 사진이다. 재미있는 사진이다. 그런데 그의 눈길을 끄는 것은 어린이들의 유쾌함, 거리 풍경이 아니라 웃고 있는 한 어린이의 썩은 이빨이었다. 그것이 푼크툼이다.

푼크툼은 순수사진을 전공하는 대학원생들의 종합시험 예상 문제에 빠지지 않고 등장할 정도로 사진가들의 중요한 화두다. 푼크툼이 나오는 〈밝은 방〉 책을 항상 가방에 넣고 다니며 틈틈이 읽어 보고 되새김했다. 몇 번을 되풀이해서 읽어도 의미를 알듯 말듯 했다. 그러나 내 사진에서 푼크툼은 보이지 않았다. 가슴에 콱 박히는 무언가는 아무리 찾아도 없다. 촬영을 나가서 피사체에서도 푼크툼은 느낄 수 없었다. 염전에 빠져 허우적거리는 나비를 보고 흥분한 적은 있으나 푼크툼은 아니었다. 온몸에 소금을 묻히고 힘겹게 판자를 기어오르는 거미의 눈을 보고 전율을 느낀 적은 있으나 역시 푼크툼은 아니었다.

내 사진에서는 의미도 찾기 힘들었다. 나 혼자 억지로 의미를 붙였다. 그러나 아무도 알아주지 않았다. 사진에 대한 설명을 한참 해야 모두들 고개를 끄덕였다. 마치 숨은그림

찾기 하듯 암시를 주어도 작가의 의도를 눈치채지 못했다. '이래도 안 보여? 이러면 알겠어?'라고 억지를 쓰고 강요해야 했다.

그 놈의 푼크툼 때문에 3개월간 사진을 찍지 못했다. 분명 아주 작은 것, 하찮은 것에 있다고 했는데 찍고 보면 허망했다. 더군다나 사건 현장을 쫓아다니는 보도사진도 아니고, 사회현상을 기록하는 다큐멘터리 사진도 아니고, 인간의 본성을 탐구하는 인물 사진도 아니니, 가슴을 찡하게 하는 무언가를 찾기는 더욱 힘들었다. '아, 이래서 대학원이 아마추어 사진가들의 무덤이라 하는가 보다!'라는 탄식이 저절로 나왔다. 개성 있는 사진을 찍던 작가가 갑자기 사진을 찍지 못하는 이유를 알 것 같았다.

석 달쯤 고민하다가 그냥 편하게 찍자고 마음을 바꿨다. 나에겐 고민 자체가 사치란 생각이 들었기 때문이다. 내 실력에 비해 너무 앞서고 있다는 생각도 들었다. 앞으로 15년은 더 사진을 찍을 테니 두고두고 생각해보기로 했다. 일단 나에게 의미 있는 것부터 찍기로 했다. 다른 사람의 시선과 평가는 일단 접어 두었다. 푼크툼은 찾아다녀야 할 대상이 아니라, 어느 날 맞딱뜨리게 되는 것이라 생각했다. 비로소 내 페이스를 찾은 것이다.

좋은 작품은 고민 끝에 탄생한다.

#나를 위한 시, 햇빛장(葬)

다른 장르의 예술작품에서 사진의 소재를 찾는 일은 흔하다.

미술은 물론 문학, 영화, 음악 등이 모두 포함된다. 예술이란 하나이고, 그것을 표현하는 방법이 제각각일 뿐이다. 수업 시간에 자기 작업을 다른 예술 분야의 작품과 비교하여 연구 발표하는 과제가 주어졌다. 나는 음악에는 소질이 없어서 회화나 시, 소설을 염두에 두었다. 미술 관련 책을 뒤지고 미술 잡지를 찾아보았다. 인터넷에서 염전이나 소금에 관하여 쓴 소설과 시를 검색했다. 하지만 막상 책을 사서 읽어 보면 전혀 관련 없는 내용이 대부분이었다. 그러나 행운은 정말로 예기치 않았던 순간에 찾아왔다.

당시 나는 한국장학재단의 학생 10명을 멘토링하고 있었는데 그날은 종로에서 만나기로 약속이 되어 있었다. 시간이 남아 서점에 들어가 시집을 들쳐보다가 정영숙 시인의 '햇빛장'이란 시를 만났다.

맑은 날, 해변의 모래사장으로 쏟아지는 햇빛을 햇빛장(葬)으로 표현한 것이다. 시를 읽으면서 다시 생각해 보니 염전은 '화장장(火葬場)'이었다. 바닷물을 끌어들여 태양의 강렬한 불길로 화장하는 곳이다. 바닷물은 화장하는 순간, 영혼은 수증기가 되어 하늘로 가버리고 타 버린 몸은 소금으로 남는다. '햇빛장'이란 시를 읽으면서 한여름 해변에 누워 상상의 나래를 펼치고 있는 나의 모습을 떠올렸다. 7년 동안 병상에 계시다 돌아가신 어머니의 죽음도 생각났다. 편안한 모습이셨다. 몸은 한줌 재로 남았지만 영혼은 하늘로 올라가 다른 곳으로 옮겨갔을 것이다. 염전에서 홀로 촬영하다가 나비의 죽음을 지켜보며 생명에 대해 생각한 적이 있었는데, 이 시를 읽자 마음에 울컥 와 닿는 것이 있었다. 짧은 시간이지만 삶의 한때를 즐겁게 보낸 하루살이와 나비도 햇빛장을 치르러 염전을 찾아왔나 보다. 인도 바라나시의 갠지스 강을 찾아온 노인들처럼 평화롭고 성스러운 최후를 맞기 위해.

'당신의 목소리인양 끊어질 듯 이어지는 해조음
아직도 남은 그리움 있어 내 붉은 촉수마다 물기 맺히면
저 바다에 부서져 내리는 수천 수만 평의 햇빛 끌어 모아
내 몸에 퍼 부으리, 하얗게 퍼 부으리.'

아직도 미련이 남은 듯 뭔가를 외치고 있는 하루살이, 나비의 목소리가 들리는 듯하다. '햇빛장'은 나를 위해 써 준 시 같았다. 꽉 막혔던 나의 머리를 깨고 푸른 바다, 파란 하늘, 불타는 햇살 속으로 나를 밀어 넣는 것 같았다. 햇빛 쏟아져 내 몸에 퍼 부어지면 나는 가벼운 깃털처럼 산산이 부서져 훨훨 날아가게 된다.

'내 생전 그리워하며 아쉬움에 놓지 못했던 질긴 끈
저 멀리 푸르스름하게 걸린 수평선으로 풀어 놓으리.'

죽음이란 영원히 사는 것이다. 이생에서 맺었던 그립고 아쉽고 질긴 인연들 모두 내려 놓고 훨훨 날아가는 것이다. 이 순간은 우주가 내 안에 있다. 자연과 내가 하나가 된다. 시인과 나도 하나가 된다. 해변, 햇빛, 바다, 바람, 구름과 내가 함께 흘러간다. 하루살이와 나비도 함께 흘러간다.

〈햇빛장葬〉 2014
햇볕이 바닷물을 화장(火葬)하고 있다. 이글이글 끓는다. 육신은 재가 되어 소금으로 남고, 영혼은 수증기가 되어 누군가에게 날아간다.

#공짜 예술 공부

사진이나 예술을 공부할 기회는 생각보다 많다. 비용도 들지 않는다. 우선 수많은 전시가 열리고 있다. 세계적인 대가들의 작품부터 국내 유명 작가, 아마추어 전시까지 다양하다. 전시 관람만으로도 작품을 보는 안목이 높아진다. 작품의 질이 뛰어나든 평범하든 모든 작품에는 작가들의 혼이 녹아 있다. 대부분 전시는 무료이지만 외국 유명 작가의 작품이나 대형 미술관의 기획 전시는 관람료를 받는다. 유료 전시도 오프닝에 가면 무료로 볼 수 있고 간단한 작가의 설명도 들을 수 있다. 전시 정보는 주로 전문 잡지를 통해 습득하지만, 매일 정보를 보내주는 인터넷 사이트도 많다.

좀 더 작품을 깊이 알고 싶다면 작가의 아티스트 토크에 참가하는 것이 좋다. 아티스트 토크는 작가와 평론가의 대담 형식으로 진행된다. 작가가 자신의 작품에 대하여 간단히 설명하고 평론가의 질문에 대답한다. 때로는 답변하기 어려운 거북한 질문이나 관람객들이 궁금해 할 날카로운 질문도 나온다. 관람객들과의 질의응답은 더욱 흥미롭다. 간단한 신변 이야기부터 작품에 대한 반론까지 다양한 질문이 이어진다. 주로 사진을 공부하는 학생들이 많이 오지만 외국 유명 작가의 경우는 사진가, 평론가, 기자들까지 몰려온다. 작가의 설명을 들으면 작품의 배경, 작가의 인생과 철학, 촬영 기법 등을 알 수 있다. 아티스트 토크를 들은 후 작품을 보면 새로운 느낌이 솟아난다. 대부분의 경우 아티스트 토크를 듣기 전에 작품을 한 번 보고, 듣고 난 후 다시 감상한다. 유명 작가의 전시회에는 작가의 인생이나 작업 과정을 담은 비디오를 상영하기도 한다. 긴 것은 한 시간 이상 되는 경우도 있다. 내 경우, 이 비디오는 반드시 본다. 작품을 감상하는 것 이상으로 흥미롭고, 짧은 시간에 작품과 작가를 제대로 이해할 수 있게 해준다.

사진 공부를 하면서 매주 인사동에서 시작하여 사간동, 삼청동으로 전시장을 순례하는 것이 주요 일과가 되었다. 유명 작가들의 전시뿐만 아니라 신진 작가들의 전시도 많이 본다. 대학생들의 졸업 전시, 석사 및 박사 학위 청구전도 즐겨 본다. 데뷔작이 대표작이 된다는 농담도 있지만 비록 작품은 다듬어지지 않았을지 모르지만 아이디어는 신선한 것이 많다. 비록 세대 차이는 있어도, 나 역시 데뷔를 앞둔 작가라 공감의 폭이 넓다. 반면 아마추어들의 그룹전은 그저 스쳐만 본다. 우선 전시장에 가득한 화분이 눈에 거슬린다. 작품의 전시인지 꽃의 전시인지 구분이 안 된다. 그렇지만 아마추어 작가들이 기뻐하는 모습을 지켜보는 것은 언제나 흐뭇하다.

무료로 수강이 가능한 예술 세미나도 많다. 비엔날레 같은 국제적인 사진, 미술 전시에서는 반드시 세미나를 함께 연다. 최근 작품 경향이나 예술계 흐름을 알 수 있어, 전시를 보는 것 이상의 소득을 얻는다. 시립미술관이나 문예진흥원 같은 곳에서도 세미나를 한다. 갤러리에서 하는 세미나도 많다. 최근에는 대그룹 계열 예술재단에서 하는 무료 강좌도 많다. 특히 두산에서 하는 예술 강좌는 인기가 많다. 강사나 세미나 내용도 아주 좋다. 예술재단에서 주관하는 작품 워크숍에는 신진 작가들이 모여든다. 내용도 좋을 뿐더러 작품 활동으로도 이어져 네트워크를 넓힐 수 있기 때문이다.

사진이든 미술이든 아는 만큼 깊어진다.

#좋은 전시는 아내도 데려가지 않는다

사진을 공부하기 전에는 전시회 가는 것이 익숙지 않았다. 인사동에서 점심 약속이 있는데 시간이 남을 경우 잠깐 들르는 정도였다. 신문이나 방송에 요란스럽게 소개되는 해외 인기 작가의 전시는 시대의 흐름을 파악한다는 입장에서 일부러 가보았다. 화장품 회사 CEO로 있었을 때는 회사에 박물관과 미술관도 있었고, 회장께서 각별히 예술품에 관심이 많았던지라 자연스럽게 예술을 접할 기회가 많았다. 딸이 회화를 전공하고 아내가 아마추어 화가로 활동하면서 미술관이 더욱 가까워졌다. 그렇다 해도 갤러리는 나에게 친숙한 공간이 아니었다.

그런데 사진을 공부하면서 미술관, 갤러리와 친해졌다. 사진 공부의 대부분은 미술과 관련된 것이다. 그곳이 좋은 교육장이었다. 이름 있는 작가들의 작품을 보면 역시 무언가 다르다. 무언의 스트레스를 받게 된다. 예술이란 것이 쉽지도 않고 낭만적이지도 않음을 통감하게 된다. 작가의 고민이 깊이 느껴졌다. 좋은 작품과 평범한 작품에 대한 감별력도 생겨나기 시작했다. 무엇보다 나에게 의미 있는 작품, 의미 없는 작품이 구별되었다. 작품을 보는 시간이 크게 차이났다. 어떤 작품 앞에서는 오랫동안 발길을 멈추고 의미를 새기는가 하면, 다른 작품은 길가의 상점 구경하듯 휙 돌아 나오기도 한다. 유명 작가의 전시뿐 아니라 대학 졸업생들의 전시도 꼭 챙겨 본다. 거칠지만 신선함이 느껴진다. 익숙한 것도 많지만 가끔 눈을 번쩍 뜨이게 하는 재치도 있다.

예전에는 항상 사람들과 어울려 전시에 갔다. 혼자는 어색했기 때문이다. 그런데 요즘은 혼자서도 전시회에 자주 간다. 특히 좋은 전시일수록 혼자서 간다. 전시를 관람한다는 것은 작가의 작품을 느끼고 감상하는 시간이지만 동시에 나에 대해 생각하는 시간이기도 하다. 나는 주로 앞으로 무엇을 할 것인가, 어떻게 할 것인가를 생각한다. 유명 작가의 작업 과정을 떠올리며, 앞으로 내가 할 작업의 의미를 되새긴다. 아내와 함께 전시회에 가서도 작품을 감상할 때는 따로 한다. 들어가고 나올 때만 함께이다. 관심사도 다를 뿐더러 서로 방해하지 않기 위함이다. 몇 년 전 런던에서 3주간 머물면서 갤러리 투어를 한 적이 있었다. 그때도 아내와 함께 가서 각자 감상했다. 참으로 여유로웠다. 출장 가서 잠깐 짬을 내어 구경하거나 관광 팀에 끼어 단거리 경주하듯 돌아볼 때와는 전혀 느낌이 달랐다. 마음껏 보고 싶은 것을 보고 좋은 작품 앞에서는 한참을 머물렀다. 나중에는 다리가 아파 쩔뚝거리면서도 작품 앞을 떠나지 못했다. 작품은 혼자서 감상해야 제 맛이 난다.

지금은 단체 관광을 가더라도 미술관을 갈 때는 혼자서 다닌다. 떠나는 시간과 장소만 체크한 후, 내가 보고 싶은 작품 앞으로 달려간다. 주마간산 식으로 여러 작품을 보기보다는 내가 보고 싶은 작품만 집중적으로 본다. 가이드의 어설픈 설명보다는 생각하는 시간이 훨씬 소중하기 때문이다. 미술관에 가면 캔버스를 펼쳐 놓고 유명 작가의 작품을 모작하는 화가를 만날 때가 있다. 그는 작품을 그리는 것이 아니라 그만의 방식으로 작품을 감상하고 있는 것이다.

작품 감상이란 나와 대화하는 시간이다.

#배우면서 쓰는 예술일기

대학원에 입학한 뒤 예술일기를 쓰기 시작했다. 원래 고등학교 때부터 일기를 써 왔고 일기책만 대학 노트로 수십 권에 달했다. 회사 생활을 하면서 일기는 간단한 메모로 바뀌었고 결국은 흐지부지되었다. 소중히 보관하던 일기책도 이사 몇 번 하면서 없어졌다. 그런데 어느 날 갑자기 일기 생각이 났다. 제2의 인생을 시작하면서 무언가 기록하고 싶었나 보다. 처음에는 사진 촬영에 대해 썼다. 그날의 촬영 주제와 장소, 함께 간 사람들과 간단한 소감을 기록했다. 그러다 예술과 관련된 모든 일정을 기록하기로 했다. 최대한 두꺼운 노트를 샀다. 대학원 수업이나 화실에 가서 그림을 그리는 일과는 빼고 전시회, 영화, 연극, 뮤지컬 등 관람이 주 내용이었다. 사진 촬영은 별도의 노트를 마련해 촬영 횟수와 특별한 소감을 기록했다. 인터넷을 통해 매일 받아 보는 동영상 교육 자료 중 예술과 관련해 감명 받은 내용도 기록했다. 최근에는 예술 관련 강좌나 정보의 비중이 높아지고 있다.

예술 관련 책의 구입 목록과 독후감도 기록했다. 책을 읽을 때는 줄을 치고 읽고, 읽고 난 후에는 줄 친 부분 중에서 중요한 내용을 요약하여 노트에 옮겨 적었다. 책의 내용을 한 번 더 되새기고, 학교에서 쓸 리포트나 논문에 활용하기 위해 정리해 놓는 목적도 있었다. 기억력이 떨어져서인지, 많은 책을 읽어서인지 읽은 책의 내용이 생각나지 않는 경우가 많았다. 졸업논문에 참고할 자료방은 일기책 안에 따로 만들었다. 책을 읽으면서 내가 쓰려는 논문 테마와 조금이라도 관련이 있다고 생각되면 따로 메모해 놓았다.

물론 일기를 매일 쓰는 것은 아니고 이슈가 있을 때만 기록한다. 그래도 최소한 일주일에 한 번 이상은 쓴다. 어떤 날은 하루에 두세 개 테마를 쓰기도 한다. 물론 일기는 간단한 메모에 불과하다. 전시회 제목과 작가, 한두 줄의 소감이 전부다. 특별한 느낌을 받은 경우에는 내용이 길어지지만, 대부분의 경우 전시회 기획명과 작가 이름만으로 끝난다. 예술일기는 나만의 작품 감상법이다. 작품이나 공연, 책을 보면서 느끼고 일기를 쓰면서 되새기고, 나중에 일기 메모를 보면서 기억을 되살리니 한 작품에 대해 세 번은 생각하게 된다. 일기를 쓸 때엔 전시회 브로슈어를 참고하고 부족하면 인터넷을 검색한다. 물론 느낌을 준 작품에 한정된 경우이지만, 내 방식대로 작가에 대한 최소한의 예의를 표하는 것이다.

일기책과는 별도로 작품 '아이디어 북'도 있다. 생각날 때마다 아이디어를 적어 놓는다. 졸업 작품으로 준비 중인 염전 아이디어를 비롯하여 졸업 후 첫 작품, 두 번째 작품까지 아이디어를 메모한다. 촬영 주제도 적고, 스토리보드도 만들고, 화면 연출 프로그램도 짜 본다. 사진의 의미, 미학적 배경도 기록해 놓는다. 좀 우스운 이야기이지만 사진 촬영은 시작도 안 했는데 혼자서 작가 노트를 미리 써 보기도 한다. 이런 과정을 통해 내가 하는 작업의 의미가 점점 더 뚜렷해진다고 생각한다.

나만의 방식으로 '70대 박찬원의 인생'이라는 또 다른 예술작품을 연출하고 있는 것이다.

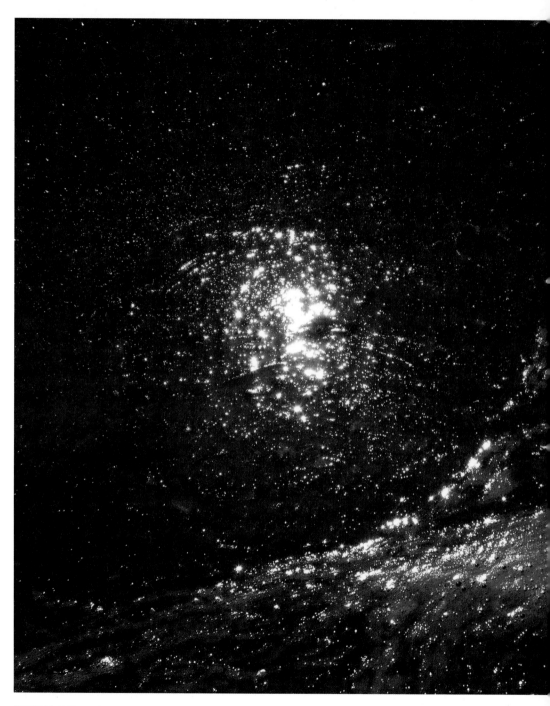

〈이카루스〉 2014
날자! 날자! 날자! 뜨거운 태양에 날개가 녹아 버리더라도 마음껏 날아보자!

#순수사진의 무한한 매력

사진에도 여러 분야가 있다. 내가 다닌 대학원 학과는 '사진영상미디어학과'이다. 학과 안에서 광고사진, 비주얼저널리즘, 비주얼아트 등 세 개의 전공이 나눠진다. 비주얼아트가 예술사진인데 이는 다시 순수사진과 이미지사이언스, 두 개의 세부 전공으로 구분된다. 물론 나의 입학 당시 기준이다. 지금은 일반 대학원과 통합되면서 전공도 축소되었다.

'광고사진'은 상품이나 브랜드 또는 특정 메시지를 매스컴을 통해 많은 사람들에게 알릴 목적으로 만드는 광고물에 사용되는 사진을 찍는 것이다. 인물 사진, 정물 사진, 패션 사진이 많고 주로 스튜디오에서 작업한다. 광고 목적에 맞게 사진의 보정이나 합성도 자유롭게 한다. 조명 기술이 매우 중요하다. 사진만이 아니라 카피, 음악, 그래픽, 디자인, 모델 등이 커뮤니케이션 목적에 맞게 조화를 이루어야 한다.

'비주얼저널리즘'은 쉽게 말해 보도사진이나, 사회 문제를 클로즈업하여 보여주고 메시지를 전달하는 다큐멘터리 사진 등을 모두 일컫는다. 이런 사진은 조형성이나 심미성보다는 전달하려는 메시지의 소구력이 강조된다. 전쟁사진, 보도사진, 탐사사진, 르포사진, 사회현상을 깊이 파고드는 고발사진들이 여기에 속한다.

'이미지사이언스'는 예술사진 중에서 포토샵 등 새로운 기법을 활용하여 심미성을 추구하는 사진이다. 특수 프린트로 새로운 색감이나 분위기를 만들기도 하고 추상미술과 같이 다른 예술과 자유로운 조합을 시도하기도 한다. 만화, 디자인 같은 캐릭터를 사용하기도 하고 서양화, 동양화, 서예, 공예, 조각과 결합시키기도 한다.

'순수사진'은 사진 본래의 특성을 살린 예술사진을 말한다. 많은 작가들이 아직도 필름 카메라로 작업한다. 대형 카메라, 중형 카메라를 많이 사용하고 디지털 카메라를 쓰는 사람은 한 수 아래로 본다. 순수사진도 인물 사진, 풍경 사진, 정물 사진 등 여러 분야가 있다. 사진 시장이 활성화되지 못하다 보니 순수사진을 하는 분들은 경제적으로 여유롭지 못하다. 그래서 인물 사진 스튜디오를 경영하거나 광고사진을 겸하는 경우도 많다. 가장 흔한 것은 대학교에서 학생들을 가르치거나 각종 사진 강좌에 강사로 나가는 것이다.

어렵지만 순수사진에는 특별한 매력이 있다. 창조의 기쁨이 그만큼 큰 것이다. 자부심도 강하고 고집도 세다. 한 사진전 오프닝에서 원로 사진가인 Y선생님은 "묵묵히 한 길만 가라. 평론가도 매스컴도 의식하지 말고 자기만의 길을 가라."고 했다. 순수사진 작가는 한 길만 가는 사람들이다. 그래서인지 다른 분야의 사람들과 잘 어울리지 못하고 끼리끼리 논다. 동지의식이 강한 광고나 저널리즘 전공에 비해 동문들 간의 결속력도 약하다. 모두 자기 잘난 맛에 산다.

대학원에서 광고를 전공하는 학생들은 대부분 광고 일을 하는 사람들이다. 비주얼저널리즘을 전공하는 학생들도 매스컴이나 홍보 분야에 종사하는 분들이 많다. 그러나 순수사진을 전공하는 학생들은 각양각색이다. 대학에서 사진을 전공한 작가 지망생부터 교사, 사진 강사, 미술학원 선생님, 회사원, 사업가 등등 다양하다. 드물지만 대학에서 음악을 전공했거나 철학을 전공한 학생도 있다. 나처럼 포토아카데미 출신도 있다. 모두 사진깨나 찍는다고 칭찬을 들었던 사람들이다. 대학원에 들어가자마자 자신감과 부푼 꿈은 깨지지만 말이다.

예술사진 작가는 고생을 사서 하는 사람들이다.

#찍을 게 없긴 왜 없어?

가끔은 사진 찍기가 싫다. 아니, 사진이 잘 찍혀지지 않는다. 그럴 때면 의욕도 떨어지고 맥이 빠진다. 외출도 잘 안 하고, 집에 틀어박혀 있어도 아무 생각이 안 난다. 책도 안 읽힌다. 무력증에 빠진 것이다.

나는 개인전을 끝낸 그 다음 날, 후속 작업을 위한 시험 촬영을 나갔다. 내 딴에는 작가로서의 결의를 다지기 위한 나만의 의식이었다. 다음 작업에 대한 크랭크인이라고 생각했다. 그 사진을 크게 뽑아 지도교수에게 들고 갔다. 보통 개인전을 끝내면 진이 빠져 6개월 동안 아무것도 하기 싫은데 대단하다는 칭찬도 들었다. 그런데 나한테도 어김없이 그 병이 찾아왔다. 개인전 후 논문을 마무리하고 심사를 받느라 3개월은 정신없이 지나갔는데 막상 논문이 통과되자 카메라를 들기도 싫어졌다. 어떻게든 분위기를 바꿔 보려고 염전을 다시 찾았다. 그런데 염전을 두 바퀴나 돌았지만 한 장도 찍지 못했다.

기력을 되찾은 것은 신기하게도 딱 6개월 후였다. 우연히 평소 관심이 있었던 최광호 선생님의 워크숍에 참석하게 되었다. '넋전춤과 사진 세미나'가 열린다는 소식을 듣고 신청했는데, 마침 그날이 선생님 모친의 49제 날이었다. 넋전춤은 어머니의 넋을 위로하는 의식이었다. 선생님의 사진 전시도 함께 열려서, 사진전 자체가 모친에게 바치는 추모의 식이었다. 모친의 유품과 흔적들을 포토그램으로 만들었고, 유골을 포토그램 사진 속에 간직했다. 돌아가신 어머니 제상에 벌거벗고 엎드려, 자신을 제물로 헌신하는 듯한 사진도 있었다. 최광호 작가에 대해서는 이미 많이 들어 왔고, 그의 책이나 글을 감명 깊게 읽었지만, 바로 옆에서 그의 모습을 생생하게 느낀 것은 그때가 처음이었다. 모친에 대한 사랑, 슬픔, 추모, 바람 등을 그만의 방식으로 표현하고 있는 것이다. 모친에 대한 추모뿐만 아니라, 폐교를 작업실로 쓰고 있는 그의 생활 자체가 하나의 작품이었다.

짧은 시간이었지만, 사진에 대한 몇 가지 충고도 매우 인상적이었다.

'사진 찍을 것이 없을 때는 10년 후의 모습을 상상해 보라. 주위 사물이 새롭게 보일 것이다. 360도 돌아가며 찍어 보라. 찍을 것이 없을 때는 나를 생각하라. 나의 증거를 남겨라. 잘 찍는 것보다 자기다운 사진을 찍는 것이 중요하다. 내가 내 작품을 보고 기뻐해야 한다. 예술이란 내가 가진 해피 바이러스의 파장이 퍼져나가는 것이다. 항상 카메라를 갖고 다녀라. 피사체가 찍어 달라고 다가온다. 그 순간을 놓치지 마라. 작업이란 삶이 하나가 되는 것이다. 끊임없이 나를 시험하라. 나를 시험하는 것은 다른 방법으로 생각하는 것이다.'

그의 한마디 한마디가 마치 나를 위한 조언 같았다.

최광호 작가의 워크숍을 다녀온 후, 나는 생각이 많아졌다. 내가 역사이고 내 삶이 그대로 작품이다. 나의 흔적을 찾아보자. 나는 자신을 360도 돌아보기로 했다. 안개 속 같이 뿌옇던 것이 조금씩 선명해졌다. 그러고 보니 그동안 너무 어렵고 큰 과제만 찾아다녔다는 생각이 들었다. 너무 많이 벌려 놓았다. 생각은 그럴 듯했으나, 막상 작업하려니 손에 잡히는 것이 없었던 것이다. 10가지로 벌려 놓았던 2차 작업 테마도 하나로 줄였다. 한 가지를 끝낸 후 다음 단계를 생각해 보기로 했다. 한 번에 한 가지씩 집중하는 것이다. 막연한 아이디어는 버리고 실체가 있는 것만 추구하기로 했다. 2년 계획을 10년 계획으로 늘인 것이다.

호기심으로 참석했던 워크숍이 내게 큰 선물이 되었다.

말을 하는 거미의 눈

눈은 마음의 창이라 한다. 대화를 할 때는 눈을 보면서 이야기하라고 한다. 큰 이해가 걸린 협상을 할 때면 눈이 말하는 것을 읽으라고 한다. 입은 거짓말을 해도 눈은 거짓말을 못한다. 시합을 앞둔 권투선수는 눈으로 먼저 싸운다. 눈싸움에서 밀리면 게임에서도 고전한다. 따뜻한 눈, 차가운 눈, 매서운 눈……, 눈에도 감정이 있다. 눈으로 하는 사랑이 말로 하는 사랑보다 더 깊은 정을 쌓게 한다. 사람만이 아니라 동물들도 눈으로 말을 한다. 집에서 기르는 개, 고양이, 소, 돼지도 눈으로 말을 한다. 주인을 보면 반가워한다. 그러나 곤충은 눈이 제 기능을 못한다. 눈동자도 움직이지 않는다. 더듬이를 이용하여 사물을 느끼고 반응한다. 눈이 있는지 없는지 잘 보이지도 않는다. 유리 조각으로 만든 인공의 눈처럼 표정이 없다. 눈이 보이지 않으니까 생각을 알 수 없다. 거미도 마찬가지다.

그런데 사진 촬영을 하면서 거미의 눈을 보았다. 거미가 말하는 것을 들었다. 무더운 여름이 사라져 가던 어느 날 염전에 촬영을 나갔다. 소금물에 빠진 나비를 찍고 있었다. 그때 어디서 나타났는지 거미 한 마리가 물에 빠졌다. 바람에 날려 소금물에 빠졌는가 보다. 겨우 소금 알만한 작은 거미였다. 거미는 바닷물에서 빠져 나오려고 가는 다리를 휘저으며 허우적댔다. 바람이 불 때마다 염전의 물은 요동치고 그때마다 거미는 이리 밀리고 저리 밀렸다. 소금기 가득한 염전의 물은 죽음의 바다. 소금 알이 한창 여물어 가고 있는 바닷물이라 끈적끈적했다. 거미는 가는 다리로 허우적대지만 물을 벗어나기 힘들다. 죽을힘을 다해 버둥대던 끝에 겨우 판자 조각에 다리를 걸쳤다.

미끄러지고 미끄러지면서 판자로 만든 벽을 기어오르고 있었다. 살기 위해 안간힘을 쓰고 있는 것이다. 반사적으로 카메라를 들이댔다. 100마이크로 렌즈다. 10센티미터 가까이 렌즈를 붙였다. 죽음의 바다를 헤치고 나온 거미의 거친 숨소리가 들리는 듯 했다. 죽음 직전의 문턱에서 겨우 살아난 생명의 모습을 촬영할 수 있는 기회였다. 흥분되었다. 정신없이 셔터를 눌렀다. 너무 작아 가까이 다가가야 했다. 거의 거미의 코앞에까지 카메라를 갖다 댔다. 물을 벗어나 경사진 나무판자를 허겁지겁 기어오르던 거미가 멈칫했다. 무언지 모르지만 거대한 장애물을 만났다는 느낌이 든 것 같다. 간신히 정신을 차렸는데 앞에 거대한 괴물이 나타난 것이다. 뒤에는 죽음의 바다가 있고, 겨우 살아났는데 다시 절망에 빠져 버렸다.

이 때 거미의 눈과 마주쳤다. 렌즈를 통해 눈끼리 부딪쳤다. 까만 점을 찍은 듯한 표정 없는 눈이었다. 그런데 갑자기 거미의 눈이 커지는 듯 보였다. 큰 눈이 카메라 렌즈를 통해 나를 보고 있었다. 말을 하고 있었다. 무언가 애원하고 있는 것 같았다. 아니 공포에 떨고 있는 것 같았다. 나는 거미의 눈을 또렷이 보았다. '살려 주세요, 살려 주세요.' 하는 거미의 소리가 들리는 것 같았다. 거친 숨소리도 들려온다. 거미의 다리, 몸통에는 제 머리만한 소금 알들이 덕지덕지 붙어 있었다. 이미 소금에 몸이 절어가고 있는지도 모른다. 더 이상 카메라 셔터를 누를 수 없었다. 얼른 카메라를 치웠다. 거미는 비틀비틀 흙으로 나왔다. 따가운 여름 햇살이 거미를 따라가고 있었다. '휴우······' 하고 나도 깊은 숨을 몰아쉬었다.

사진은 거미와도 소통하게 해준다.

〈거미의 눈〉 2014
살려주세요! 살려주세요! 거미의 눈이 말을 한다.

04

예술대학원의
이방인

#선생님도 발표하시게요?

학교에 들어가니 경비원부터 청소하는 아주머니, 학생들 모두 눈만 마주치면 내게 인사를 건넸다. 나를 원로 교수나 학교를 방문한 귀빈으로 착각하는 것 같았다. 수업 첫날, 교실을 찾아 둘째 줄 왼쪽 책상에 자리를 잡았다. 9시 가까이 되자 학생들이 들어오기 시작했다. 의아한 눈빛이 내게 쏟아졌다. 눈이 마주치자 내가 먼저 인사를 했다. 일찍 결혼했으면 손자뻘 되는 학생들이었다. 처음에는 머쓱해 하더니 이내 자기들끼리 조잘대기 시작했다. 아침을 거르고 왔는지 빵이나 우유를 먹는 학생들도 있었다. 어떤 학생들은 자기 머리만한 대형 카메라를 갖고 왔다. 교실엔 한 40명 남짓의 학생들이 있었는데, 순수사진만이 아니라 광고, 저널리즘 전공 학생도 있었고, 영화나 회화 등 관련 예술 분야 학생들도 있었다. 그중 군대 갔다 온 복학생인 듯한 남학생 하나를 불러 내 옆에 앉으라고 했다. 순순히 옆에 앉아 주었다. 고마웠다.

수업이 시작되기 전에 교실 밖으로 나가 교수님을 기다렸다. 미리 말씀을 안 드렸기 때문에 먼저 인사를 해야 할 것 같았다. 교수님 역시 나를 보자마자 깜짝 놀라셨다. 수강 신청을 했다고 하니 난감한 표정이었다. 학부 수업은 새로운 탐험이었다. 어린 학생들이 재잘재잘 떠드는 소리, 학생들의 옷과 머리 모양, 학생들의 백팩, 바인더 등 모든 것이 나에게는 신기했다. 교수님이 나를 학생들에게 소개시켜 주었다. 학생들 중 3분의 2는 여학생이었고 중국에서 유학 온 학생도 있었다. 첫 시간은 수업 과정을 소개하고 순수사진의 의미를 소개하는 걸로 끝났다. 수업이 끝난 후 교수님은 여기 저기 학교도 소개해 주시고, 들어볼 만한 강좌를 추천해 주셨다. 본인의 작품 카탈로그도 선물로 주셨다.

대학원에서는 사진 실기를 가르치지 않는다. 어느 정도 사진 기술을 갖고 있다고 생각하고 바로 작품으로 들어가거나 미술과 사진, 미학, 사진사 등 이론적인 과목을 공부한다. 작품의 개념, 창작, 다른 예술 분야와의 접목 등 시야를 넓히는 데 중점을 두는 것이다. 대학원 수업 내용이나 수준을 미리 알았다면 대학원에 바로 진학하지 않고 '대학교 3학년에 학사 편입하여 실기 공부를 더 할 걸'이라는 아쉬움도 있었다. 사진 기초가 부족했던 나는 졸업 학점과는 무관한 학부 과목을 수강하기로 결심했다. 학부 3학년의 순수사진 실기와 사진사 과목을 선택했다. 그런데 학부 과목을 수강하려면 천안 캠퍼스까지 내려가야 했다. 월요일 아침 9시 시작하는 수업 시간에 늦지 않기 위해 새벽 5시에 일어났다. 간단히 샤워만 하고 6시에 출발하여 아침 식사는 고속도로 휴게소에서 해결했다. 그러면 8시쯤에 학교에 도착했다.

사진 실기 과목의 두 번째 수업은 이번 학기의 사진 작업 계획서를 발표하는 시간이었다. 그리고 그 계획에 맞춰 2주마다 새로 촬영한 작품을 갖고 가야 했다. 학생별로 돌아가며 사진의 제목, 콘셉트, 촬영 지역, 방법 등을 발표했다. 학생들의 발표는 신선하고 흥미로웠다. 외국계 체인점의 1호점, 민족의 정기를 끊기 위해 일제가 박아놓은 쇠말뚝, 폐교 풍경, 문 닫은 철도역사 건물 등등 소재도 재미있었다. 학생들 발표가 모두 끝났다. "혹시 안 한 사람 있나요?" 교수님이 물었다. "저도 하겠습니다." 손을 들었다. "선생님도 발표 하시게요?" 교수님이 물었다. "네!" 하고 앞으로 나갔다. 학생들의 박수가 쏟아졌다.

이렇게 2010 학번 학생들과의 수업이 시작되었다.

#다세대 공존의 캠퍼스

대학원생들은 다양하다. 나이로 보면 20대에서 30대, 40대, 50대까지 골고루 있다. 60대 이상은 드문데 내가 끼는 바람에 70대까지 폭이 넓어졌다. 예상 밖으로 50대 학생들이 꽤 많은데 주로 여성들이다. 20대와 30대 초반의 학생들은 대학에서 사진을 전공한 이들로 장래 사진가를 꿈꾸고 있다. 주요 대회의 입상 경력이 있거나 유망 신진 작가로 거론된 학생들도 있다. 지도교수가 학부 시절에 눈여겨본 학생을 설득해 진학시킨 경우도 있다. 그래서 학생들 모두 자기 주관이 뚜렷하고 자기 나름의 작품관을 갖고 있다. 물론 사진도 좋다. 대학 4년이 그렇게 긴 시간은 아닌데, 교육의 힘은 무서운 것 같다. 사진학과 출신 학생들은 뭔가 다르다. 드물게는 사진을 전공하지 않은 20대도 있다. 주로 미술, 디자인 등 예술 관련 학과 출신이 많은데 신입생 중 성악 전공 학생이 있어 화제가 된 적도 있었다. 성악을 전공하면서 인터넷에서 맛집 파워 블로거로 활동하다 사진에 흥미를 갖게 되었다고 한다.

30대 후반부터 40대는 직장생활을 하는 분들이 많다. 사진 관련 직업에 종사하는 분들도 있지만 교사나 사업을 하는 사람도 있다. 학창시절 사진을 좋아했거나 오래 기간 카메라를 곁에 두고 있었던 이들이다. 대학의 평생교육원이나 유명 사진가에게 따로 사진을 공부한 사람도 있다. 50대는 사진 작업을 오래 해 온 분들로, 아마추어 시절에는 제법 고수로 인정받았던 사람들이다. 사진 전시 경력도 있고, 개인전을 했거나 지역 문화센터 같은 곳에서 사진을 가르치고 있는 분들도 있다. 필름 카메라를 사용하고, 직접 특수 프린트를 배운 사람들도 많다. 순수사진의 경우 아직도 필름 작업이 대세다. 대학 시절에 그림을 전공했거나 오랜 기간 그림을 공부하고 있는 분들도 있다. 그러나 60대 이상은 드물다. 우선 강사는 물론 교수들보다 나이가 많으니까 부담이 된다. 전문작가도 은퇴할 나이에 사진을 시작한다는 게 평범하지는 않다. 잘못하다가 강의실 분위기가 나빠질까 봐 서로가 조심한다. 대학원은 교수에게 배우는 것 못지않게 학생들 서로에게 배우는 것이 많은 만큼, 모든 것이 조심스럽다.

학생들이 사는 지역도 다양하다. 서울은 물론이고 멀리 부산에서 오는 학생도 있고 대전, 천안, 원주, 이천 등 각지에서 대학로 캠퍼스로 온다. 우리나라가 확실히 일일 생활권이 되었음을 실감한다. 멀리서 오는 학생들이 지각도 안하고 수업도 열심히 듣는다. 부산에서 오던 한 학생은 매주 1박2일 출장 다니는 기분으로 학교에 다닌다고 했다. 대학원 수업이 저녁에 많아 어쩔 수 없단다. 그 덕분에 서울 구경을 많이 해서 좋다고 한다.

대학원 수업은 학생 수가 많지 않아 1기부터 5기까지 함께 수강한다. 수강 신청을 하지 않은 학생들이나 졸업생이 청강하는 경우도 많다. 청강생도 똑같이 과제도 발표하고 숙제를 해야 한다. 전공 학문 분야라기보다는 예술의 한 계파 같은 분위기다. 다양한 세대가 함께 공부하면 어색할 법도 한데, 조금 지나고 나면 나이는 눈에 보이지 않는다. 모두 똑같아진다. 휴강하면 좋아하고, 수업이 끝나면 교수님 뒷담화 하고, 작은 일에 삐지고, 별난 친구 왕따 시키기도 한다. 나이를 잊고 여러 세대의 분위기를 함께 호흡할 수 있다는 것은 대학원 생활의 또 다른 즐거움이다.

배우는 것 못지않게 어울리는 재미가 쏠쏠하다.

#이런 세상도 있구나!

대천으로 MT를 갔다. 모처럼 전체 학생들과 어울릴 기회라 기대가 컸는데, 역시 대학시절 많이 다녔던 MT나 회사의 워크숍과는 완전히 달랐다. 우선 아무 프로그램도 없고 주제도 없었다. 인원도 몇 명 안 되었다. 졸업생까지 함께 참여하는 것으로 오픈했지만 한 분의 선배가 참여했을 뿐이었다. 덕분에 전공 주임교수와 오붓한 시간을 가질 수 있었다. 바닷가 횟집에서 푸짐한 식사와 술로 저녁을 먹고, 바다 바람 쐬고, 노래방을 뒤로 하고 숙소로 돌아왔다. 12시도 안 된 시간인데 무엇을 할지가 궁금했다. 간단하게 샤워하고 간편한 차림으로 큰 방에 모였다. 게임 타임이었다. 머리를 쓰는 지식 게임도 아니고 사진이나 예술과 관련된 게임도 아니었다.

나는 도대체 게임을 해 본 기억이 나지 않았다. 대학 신입생 시절에도 게임은 하지 않았다. 군부 독재 시절 매일 데모로 시국이 어수선할 때라 게임할 여유가 없었던 것 같다. 그 대신 토론을 많이 했다. 억지로 기억을 되살려 보면, 중학교 시절 소풍 가서 게임을 했던 것 같다. 크리스마스 때 친구 따라 교회에 갔을 때도 했던 듯하다. 접어, 31 숫자 폭탄 돌리기, 왕 게임, 경험 있다 없다 게임, 나중에는 수건돌리기까지 이어졌다. 그런데 요즘 TV에서도 이런 게임이 유행하고 있다고 한다. 정말 세상이 여성화 되어 가는 것 같다. 지금 내가 뭘 하고 있는 거지, 생뚱맞은 생각이 들면서도 어쩔 수 없이 따라할 수밖에 없었다.

새벽 사진 촬영이 습관화 된 후 생활이 바뀌었다. 새벽 3시면 잠이 깬다. 그 대신 저녁 10시만 되면 눈꺼풀이 내려갔다. 전형적인 '아침형 인간'이 된 것이다. 그런데 대부분 젊은 친구들은 그 반대였다. 아니 예술 하는 사람들의 생활 패턴이 그랬다. 그들에게는 밤이 작업시간이었다. 예술가들에게 저녁 10시는 초저녁이다. 슬슬 활동을 시작할 때였다. 시간이 깊어 갈수록 눈동자는 더 초롱초롱해지고, 게임은 더욱 흥을 더해 갔다. 반칙을 범하면 술을 한 잔 마셔야 했다. 옆의 사람이 따라 준다. 술을 못하는 나로서는 이것도 고역이다. 게임도 힘들고 술도 힘들고 체력도 바닥이었다. 남들은 신나서 떠들고 흥겨워하는데 나 혼자 힘든 티를 낼 수도 없었다. 이것까지 눈치 봐야 하다니 정말 사진 공부는 힘들다. 핑계 대고 빠질 걸, 하는 후회가 밀려왔다. 다행히도 술에 흠뻑 취한 30대 젊은 남자 친구가 나를 도와주었다. 그는 술을 너무 많이 마셔 게임에 집중하지 못했다. 항상 나보다 한 발 먼저 반칙을 했다. 내 역할은 술을 따라주는 것이었다. 주량이 무한대인 그는 넙죽넙죽 잘도 받아먹었다. 그날 그는 나의 훌륭한 흑기사였다.

새벽 3시가 되자 게임이 시들해졌다. 그때부터 본격적인 세미나가 시작되었다. 강의들은 소감과 교수님과 학교에 대한 건의사항도 나왔다. 우리 학과가 앞으로 어떻게 나가야 할지 의견도 개진했다. 제법 진지한 분위기였다. 유일하게 참석한 선배는 졸업 후 활동, 작가의 고민에 대해서도 조언해 주었다. 지도교수는 학과의 향후 발전 계획에 대해 포부를 밝혔다. 재학생들의 해외 전시에 대한 계획이 그중 하나였다. 어색하고도 힘든 밤이었다. 그래도 함께 밤을 새고 나니, 많이 친해진 느낌이었다.

이런 세상도 있구나! 오늘 또 새로운 탐험을 했다.

〈기원〉 2011
춤을 춘다.
춤을 추며 소망을 빈다.
언젠가는 찬란한 빛이
나를 감싸 안을 것이라고.

#골동품을 감상하듯 중고책을 읽다

대학원을 다니면서 사진 책을 많이 보았다. 책 읽는 것을 좋아하지만, 특히 사진 책은 부담이 없다. 글보다 사진이 많고 편집이 수려해 읽기에 편하다. 사진 관련 저자들은 사진 찍듯 글을 쓰기에 문장이 간결하다. 소재 자체도 흥미롭다. 특히 나처럼 사진 지식에 목마른 초보자에겐 한 권 한 권이 새로운 세상을 열어주는 여행서였다. 물론 사진 철학이나 학위 논문을 재편집해 출간한 책들은 어렵다. 하지만 그런 책들은 몇 개 되지 않고, 페이지 수도 많지 않다.

사진의 역사가 짧은 탓인지 사진 이론서는 몇 개 안 되었다. 특히 국내 저자가 쓴 책은 거의 없었다. 사진 작품집을 제외하면 사진가 이야기나 사진에 관한 역사를 다룬 책이 가장 많다. 사진 기술에 대한 책도 있으나 전문가용이라기보다는 아마추어를 대상으로 하고 있다. 사진 이론서는 거의 번역본인데 그나마 최근에 출판된 책은 찾아보기 어렵다. 몇몇 교수들이 제자들을 위해 사명감을 갖고 번역한 것 같다. 사진 찍는 사람들은 폭발적으로 늘어나는데 깊이 있게 사진을 파고드는 사람들은 그렇게 많지 않은 듯하다.

학기 초에 교수나 강사들이 올려놓은 강의계획서를 순례하는 것은 또 다른 재미다. 강의계획서에는 강의 목표, 강의 방법, 주 교재 및 참고도서, 주간 단위의 강의 계획, 평가 방법 등이 들어 있다. 강의계획서를 보면 한 학기 강의의 윤곽이 한눈에 들어온다. 교수들이 얼마나 성의 있게 강의를 진행할지도 짐작할 수 있다. 나는 항상 이 강의계획서를 보고 수강 여부를 결정한다. 그중 내가 가장 관심을 갖는 것은 교수들이 소개하는 참고도서다. 사진을 공부하는 학생들이 꼭 읽어야 할 책들이 망라되어 있다. 그래서 내가 수강할 과목뿐 아니라 광고와 포토저널리즘 등 사진학과 전체의 강의계획서를 훑어본다. 대학원과 학부의 강의계획서를 모두 찾아보는 것이다.

　이렇게 찾은 사진 관련 책들은 가능한 한 모두 구입했다. 특히 여러 교수나 강사들이 중복 추천하는 책은 반드시 샀다. 사진 인구는 많은데 사진 책의 독자는 많지 않으므로 나라도 사주어야겠다는 생각도 있었다. 아쉽게도 최근 출판된 책보다 오래된 책이 많았다. 막상 서점에서 사려고 하면 절판된 경우도 많았다. 사진 책은 많이 안 팔리므로 1판 인쇄하고 나면 끝이다. 다행이 요즘은 중고장터가 잘 되어 있어 절판된 책이라도 구하기가 쉽다. 절판된 외국 서적도 아마존의 중고장터에서 구할 수 있을 정도이다. 책의 상태는 새 책이나 비슷하게 깨끗하다. 중고장터에서도 구할 수 없는 책은 도서관에서 빌려 복사한다. 그런데 재미있게도 중고 책이 새 책보다 더 비싸다. 여기에도 수요공급의 법칙이 적용되고 있는 것이다. 필립 뒤바Philippe Dubois의 《사진적 행위》는 정가 10,000원인데 중고서점에서 30,000원에 샀다.《의미의 경쟁》이란 책은 정가 25,000원인데 중고서점에서 45,000원에 샀다. 아마존에서 산 마이너 화이트Minor White의 사진집은 상태가 좋지 않았음에도 불구하고 거금 35만 원이었다. 때로는 저자가 나도 아는 사진가에게 직접 사인해준 책을 중고장터에서 구입한 적도 있었다. 어떤 경로로 중고 시장에 나왔는지 모르지만 마치 귀한 골동품을 발견하듯 기뻤다. 책을 읽으면서 그 사람들의 체취를 느껴 본다.
　오래된 사진 속에서 영감을 얻고, 중고 책 속에서 힌트를 얻는다.

#수업 한 시간 전, 커피숍에서

수업 시간에는 항상 제일 먼저 갔다. 평생 회사 생활을 하면서 일찍 출근하는 것이 몸에 배기도 했지만, 시간에 쫓기지 않고 오히려 시간을 리드하는 자유가 좋았다. 아무도 없는 조용한 강의실에 들어가 자리를 잡는 기분도 괜찮고, 여유 있게 학교 주변을 돌아보는 것 또한 즐거움이었다. 무엇보다 주차난을 피해 여유 있게 차를 댈 수 있는 것도 빼놓을 수 없는 이유였다. 학교 수업은 주로 대학로 캠퍼스에서 이루어졌고, 전시 관람 등 특강이 있는 경우는 인사동 근처에서도 진행되었다. 그런데 대학로나 인사동은 내 나이에 익숙한 곳이 아니었다. 항상 조금 일찍 가서 주위를 어슬렁거리며 돌아다녔다. 주변 편집 매장에 가서 운동화나 모자를 구경하기도 하고, 타로 점을 봐주는 곳을 기웃거리기도 하고 튀김, 떡볶기, 악세서리 등을 판매하는 노점상들을 보는 것이 흥미로웠다. 길가에 줄지어 늘어선 소극장의 포스터를 구경하는 재미도 쏠쏠했다. 요즘 젊은이들의 관심사를 엿볼 수 있었다.

대학로에 있는 아르코미술관과 자료실은 내 단골 휴식처였다. 아르코미술관에서는 좋은 전시가 많이 열린다. 주로 실험정신이 가득한 예술작품들이 전시된다. 사진전보다는 설치나 비디오 건축 같은 복합 예술작품이 많다. 미니도서관 형식의 자료실은 공개되어 있는데 항상 비어 있다. 작품집 등 약간의 예술 자료들이 구비되어 있다. 마로니에 공원에는 거리 공연 등 이벤트가 자주 열린다. 어느 다른 나라에 여행 온 듯한 기분도 느껴진다. 학교에 있는 자료실도 자주 이용했다. 대학로 캠퍼스는 작아서 도서관이 없는 대신, 학위 논문과 예술 잡지가 비치된 자료실이 있다. 자료실에서는 주로 선배들이 쓴 논문을 찾아

보았다. 현재 강의를 듣고 있는 선배 강사들의 논문과 선배 작가들의 논문도 볼 수 있어 유용하다. 그분들이 학창시절 어떻게 공부했는지 흔적을 느낄 수 있어 왠지 친근한 기분도 들었다. 함께 수업을 들었거나 졸업한 지 얼마 안 되는 선배들의 논문은 더욱 반갑다.

그러나 가장 소중한 시간은 수업 한 시간 전 커피숍에서 보내는 시간이다. 이 시간을 이용해 아메리카노 한 잔과 함께 책을 읽거나 글을 썼다. 책이 머릿속에 쏙쏙 들어오는 것도, 아이디어가 샘솟는 것도 이 시간이었다. 리포트의 테마도 커피숍에서 잡았다. 그리고 독자들이 읽고 있는 이 책의 대부분도 바로 그 커피숍에서 쓴 것이다. 호기심에 구입했던 태블릿PC는 정말 유용하게 활용했다. 예전에 입시 공부하면서도 하지 않았던 예습과 복습도 이 시간에 했다. 골치 아픈 책도 이 시간에 읽으면 이해가 될 정도였다. 세계 사진사 수업 시간에는 학교 교재와는 다른 사진사 책을 사서 비교해 가며 공부했다. 예술 철학은 워낙 어려워서, 항상 수업 전에 지난 시간 노트 필기했던 것을 다시 읽어 보고 들어갔다. 그래도 모르기는 마찬가지였지만, 내용이 친숙하게 느껴져서 좋았다. 딱딱한 사진 이론서들도 대부분 이 시간에 읽었다.

저녁 6시 수업이 있는 날은 간단하게 요기를 해야 한다. 그런데 가장 힘든 일 중 하나가 혼자서 밥 먹는 것이다. 무엇보다 입맛에 맞는 메뉴를 찾기 힘들었다. 처음에는 칼국수, 설렁탕 같은 것을 먹다가 카레, 스파게티 같은 젊은이들 식사로 바뀌었다. 나중에는 커피숍에서 베이글이나 와플, 혹은 프레즐에 아메리카노 한 잔으로 해결했다. 그것도 싫증나면 비스킷, 혹은 팥빙수로 때우기도 했다.

젊게 사니 식성도 젊은이들을 닮아 가는가 보다.

#세상에서 가장 어려운 일

대학원 수업에서는 거의 자기가 작업 중인 사진을 가져가야 한다. 실기 과목은 거의 매주 새로운 작품을 요구하고, 이론 과목도 교수들이 작품을 보여 달라고 한다. 시간에 쫓겨 급히 작업한 사진은 자신이 보기에도 미흡한 경우가 많았다. 보통 책상 위에 작품을 펼쳐 놓는데, 어떤 교수님은 전시하듯이 꼭 벽에 사진을 붙여 놓으라고 요구한다. 펼쳐놓고 보는 것과 벽에 붙여 놓고 보는 것은 느낌이 다르다는 것이다. 매주마다 작은 전시회를 여는 느낌이다.

다른 학생들의 작품을 보면 소감을 이야기해야 한다. 난처하고 어려운 시간이다. 부족한 점을 지적하면 몹시 기분 나빠하는 학생도 있었다. 물론 문제점을 지적 받으면 누구나 기분 나쁘다. 그러나 그런 기분이 좋은 작품을 만드는 동력이 된다. 예술 하는 사람들은 자존심이 강하다. 특히 오랫동안 사진 작업을 해오고 대학원 들어오기 전에 좋은 평을 받았던 학생일수록 평가에 민감하다. 사람마다 취향이 다르고 선호하는 것이 다르기 때문에 단순히 한 사람의 느낌이나 조언으로 생각하면 그만인데, 감정을 컨트롤하기가 생각만큼 쉽지 않다. 그러다 보니 자기 느낌을 제대로 이야기하지 않는다. 상대방의 반응 수준에 어느 정도 맞추는 것이다. 문제점보다는 좋은 점을 이야기하거나 여러 사진 중에서 자신이 좋아하는 사진에 대해서만 얘기한다. 아니면 조심스럽게 어떤 점을 보완하면 더 좋을 것이라고 말한다. 또는 과거에 좋았던 작품 얘기만 한다. 활발히 이야기가 나오지 않는 경우는 대부분 부족하다고 이해하면 정확하다. 뭐 굳이 말을 하지 않더라도 상대의 표정만 보면 알 수 있다. 상대방이 말하기 전에 자신이 먼저 문제점을 알고 있기 때문일지도 모른다.

교수님에 따라서 평가 방법도 다양하다. 대부분은 직설적으로 이야기하지 않는다. 그러나 다음 작업에서 보완해야 할 사항, 작업의 방향에 대해서는 완곡하게라도 조언을 해 준다. 이때 말을 잘 알아들어야 한다. 말의 취지를 잘못 이해한다든지, 말을 곧이곧대로 해석하면 작업이 좋아지지 않는다. 그럴 경우 교수님이 시키는 대로 작업을 해 왔는데 또 좋은 평가를 받지 못하게 되니 혼란스럽기 그지없다. 노력을 많이 했다고 좋은 평가를 받는 것은 아니다. 오늘은 멋진 작품을 가져왔다고 자신만만하게 내놓았다가 혹평을 받기도 하고, 우연히 찍은 사진이 좋은 평가를 받기도 한다.

교수님과 의견이 달라 고민하는 경우도 많다. 부분적인 보완이면 괜찮은데 근본적인 방향이 달라지는 경우는 난감해 한다. 학생이 충분히 설명하지 못한 경우도 있고 교수님과 생각이 다른 경우도 있다. 면전에서는 잠자코 있다가, 수업이 끝나고 학생들끼리 모여 불만을 털어놓는 경우도 많다. 유난히 가르침에 대한 열정이 강했던 선배 강사는 젊은 학생에게 자극을 준다고 직설적인 충고를 했다가, 오히려 그 학생이 좌절에 빠져 고민하는 모습을 보아야 했다. 그러나 대부분은 시간이 지나면 교수님의 뜻을 이해하고 작업이 한 단계 향상된다.

작품이란 좌절의 극복과 고행의 결과물이다.

〈순례자〉 2010
무슨 소망을 빌까?
이른 새벽의 황산(黃山)
보다 더 경건하다.

#보고, 보고, 또 보라!

예술대학원이 좋은 것은 사진뿐 아니라 미술, 문학, 영화 등 다양한 장르를 경험할 수 있는 것이다. 철학, 미학, 역사도 중요 과목 중 하나다. 서양미술을 이해하려면 신화와 성경을 공부하라고 한다. 사진도 그 뿌리가 서양미술이므로, 이들에 대한 지식은 필수다. 특히 미술 전시회는 사진 전시회만큼 자주 봐야 한다. 요즘 미술 전시회는 평면 회화 작품만 하는 경우가 거의 없다. 다양한 미디어가 등장한다. 사진은 반드시 포함되고 설치 작품도 많다. 수업 대신 전시 관람을 하는 경우도 있고, 과제로 전시 관람 후 소감문을 써 내기도 한다. 중간고사나 기말고사를 전시 관람 평으로 대체하는 경우도 있다.

사진은 감성이 중요하다. 첫눈에 무언가 찡하고 오는 것이 있어야 한다. 시선을 멈추게 해야 한다. 그렇지 않은 작품은 아무리 깊은 의미를 담고 있더라도 주목받기 어렵다. 어떻게 보면 기업의 마케팅 활동과 똑같다. 소비자의 행동을 촉발하는 것은 이성이 아니라 감성이다. 제품이나 광고는 임팩트가 있어야 한다. 구매와 연결되는 것은 항상 감성적 임팩트다. 이성은 나중에 제품을 평가할 때나 작동된다. 감성은 초기 구매에 영향을 미치고, 이성은 반복구매와 재 구매에 영향을 미친다. 전시회에 가서 미술작품을 많이 보는 것이야말로 감성 훈련이다. 감성은 머리로 기억하는 것이 아니라, 몸에 배는 것이다. 기억하는 것보다 느낌을 배우는 것이 훨씬 더 어려운 공부다.

사진을 공부하면서 영화를 많이 보게 되었다. 영화를 보는 태도도 완전히 달라졌다. 종전에는 스토리를 보았는데 이제는 영상, 화면, 음악에 시선이 간다. 화면의 구도, 컬러 배합, 명암, 카메라의 각도, 인물의 표정, 과감한 생략과 디테일이 눈에 들어온다. 생각할 것이 많아졌다. 좋은 영화는 다시 또 본다. 보면 볼수록 느낌이 다르다. 예전에는 지루하다 했을 종류의 영화도 재미있게 본다. 대부분의 영화는 스토리를 다 알고 있다. 중요한 것은 스토리가 아니라 표현이므로, 그것을 어떻게 표현했느냐가 중요하다.

　회화, 영상, 설치 전시를 보면 우선 규모나 투자에 놀랄 때가 많다. 나도 모르게 주눅이 든다. 회화 작품에도 거의 비디오가 등장한다. 작품의 내용을 표현하거나, 그게 아니라면 작업 과정이라도 소개한다. 거기엔 예상을 깨뜨리는 무언가가 있다. 작품의 기조를 형성하는 철학이나 종교를 엿볼 수도 있다. 나는 아티스트 토크에도 자주 참석한다. 작가의 이야기를 듣고 작가의 다른 작품을 보면 비로소 작품이 이해되는 경우도 많다. 아티스트 토크를 놓치면 최소한 도슨트의 설명이라도 듣는다. 하지만 내가 아는 작품일 경우, 피상적인 설명에 실망하는 경우도 있다.

　대부분의 작품은 해설이나 평론이 작품보다 더 복잡하고 난해하다. 많은 사람들이 '예술은 난해하다. 쉬운 것을 어렵고 복잡하게 만드는 것이 예술인 것 같다.'고 말하지만 쉽게 바뀌지 않는다. 복잡한 것을 쉽게 정리해 주는 것이 감성이다. 해석하려 들지 말고 그냥 느끼면 된다. 전시 관람과 감성 훈련을 통해 작품에 대한 이해도를 높일 수 있다. 작품으로는 도저히 대가들의 작품을 따라가지 못하지만, 감상하고 즐기는 감성은 언제나 함께할 수 있다.

　예술가는 느낄 줄 아는 사람이다.

#앞당겨 사용한 작가 명함

중국에서 사진 전시를 하면서 처음으로 사진가 명함을 만들었다. 지도교수의 권유도 있고 관람객이나 현지 작가들에게 소개할 필요도 있어 용기를 냈다. 작가는 일인 기업이나 마찬가지이므로 기회가 있을 때마다 자기 스스로 홍보해야 한다. 지도교수도 '언제 어디서 누구의 도움을 받을지 모른다. 부지런히 명함을 돌려라.'고 했다. 사실 자기를 알릴 수 있는 가장 손쉽고 효과적인 방법이 명함 돌리기다. 개인전은 못했지만 그룹전에 7번 정도 참여했고 대학원에서 사진을 전공하고 있으니 사진가라는 명함을 사용해도 무리가 없을 듯하나, 어쩐지 쑥스러웠다. 이제는 딱히 다른 명함을 내놓을 것도 없고 전화번호라도 알려 주려면 명함이 필요했기에 공식적으로 사용하기로 한 것이다.

대학원에 입학하는 나이든 학생들은 대부분 사진가 명함을 갖고 있다. 물론 그런 분들은 사진 경력도 길고 개인전 경험도 있다. 사진 관련 협회에서 활동하고 있거나 문화센터 같은 곳에서 사진 강의를 하는 분들도 있다. 그런데 이런 분들은 대학원에 갓 입학했을 때보다 시간이 갈수록 명함을 꺼내는 것을 조심스러워 한다. 더구나 언제부턴가 사진가 명함을 내놓지 않는다. 작가라는 것이 어느 정도 위치이고, 작가의 길이 얼마나 어려운 것인지 스스로 알아가고 있기 때문일 것이다.

시나 소설 같은 문학 분야는 신문사의 신춘문예에 당선되거나 유명 작가의 추천을 받아 전문 잡지에 글이 실리면 작가로 인정받지만. 사진 계에는 그런 공식 루트가 없다. 개인전을 했다고 작가가 되는 것도 아니다. 공모전에서 상을 몇 번 받았다고 작가라 할 수는 없다. 특히 순수사진 분야는 더욱 민감하다. 대학원 나왔다고, 사진학회나 사진가협회에 가입했다고 해도 인정받지 못한다. 한 유명 사진가가 사진가 모임에 나갔더니 본인은 협회 회원이 아닌데, 아마추어 비슷한 사람들이 죄다 협회 회원이더라고 하는 얘기를 들었다. 사진가들은 자존심도 강하고 평가도 인색하다.

사진평론가 최건수 선생님은 그의 책《사진직설》에서 이런 상황을 실감나게 설명하고 있다. '사진가 데뷔는 어떻게 하는가? 아쉽지만 내가 아는 한 공식적인 방법은 없다. 첫 개인전이 데뷔전이라고 믿고 싶겠지만, 그거야 본인 생각이고 보는 사람 입장은 다르다. 돈만 있으면 누구나 할 수 있지만 아무도 인정해 주지 않는 것이 사진가로서 데뷔전이다. 그럼 데뷔전은 없는 것인가? 있기는 하다. 단, 사진가가 세월이 흘러 이 분야의 선수들끼리 서로서로 암암리에 사진가로 인정했을 때, 그러니까 훗날 소급해서 추인 받는 것이다. 따라서 데뷔전 인증은 성공까지 한없이 유예된다. 이렇게 보면 다른 장르와 달리 사진가로서 인정받는 것은 생각보다 까다롭다.'

지나치게 까칠하고 직설적인 표현이지만 맞는 말이다.

사진가로 살기도 어렵지만 사진가로 인정받는 것이 더 어려울지도 모른다. 한동안은 사진가의 위상에 대해 고민했지만 편하게 살기로 마음먹었다. 작업도 편하게 하기로 했다. 지나치게 다른 사람들의 시선도 의식하지 않기로 했다. 내가 나를 인정해 주면 된다. 그런 의미에서 사진가 명함도 사용하기로 했다. 최건수 선생님 말씀대로라면 아직 멀었지만 앞당겨서 사용하는 것이다.

작가 명함도 가불이 있다.

한 평에서 미래를 꿈꾸는 고시원

고시원만 4년간 촬영해온 학생이 있다. 너무 오랫동안 고시원 작업을 해온 탓에 본인은 정작 새로운 작품을 하고 싶은데도 다른 사람들이 흥미롭다고 하니, 거기서 벗어나지 못하고 계속 작업을 하고 있다. 대학원 입학시험 때 제출한 포트폴리오도 고시원을 파노라마로 찍은 사진으로 구성했는데, 대학원 들어와서도 2년 내내 고시원에만 매달렸다.

고시원은 흥미로운 장소다. 보통은 공무원 시험 학원이 밀집되어 있는 곳에 몰려 있다. 한 평 반 정도 되는 방에 침대와 책상이 놓여 있다. 가운데 서서 두 팔을 펼치면 양쪽 벽에 닿을 듯 말 듯하다. 창문이 있는 방도 있고 없는 방도 있으나 대부분 어둠침침하다. 침대 위를 비롯해 방바닥에 옷가지들이 널려 있다. 작은 벽 위에도 옷이 주렁주렁 걸려 있다. 내복부터 수건, 점퍼, 츄리닝이 널브러져 있다. 이불이 개어져 있는 경우는 거의 없다. 아침에 일어났을 때의 모양 그대로다. 작은 책상 위에는 책과 노트를 비롯해 음료수 병, 컵, 치약, 칫솔, 약병들이 뒹군다. 좁은 방이지만 발 디딜 틈이 없다. 고시원에는 공무원 시험 준비생 외에도 지방에서 올라온 재수생을 비롯해 혼자 사는 직장인, 동남아에서 온 외국인들도 있다. 동급생 P의 작품에 등장하는 사람들도 공무원 시험 준비생을 비롯해 소방 공무원, 미용사, 택배 기사 등이 있다. 고시원은 가장 값싸게 거처를 해결할 수 있는 곳이나, 미래를 꿈꾸는 사람들이 모여 있는 곳이기도 하다.

고시원 촬영은 매우 어렵다. 대부분 자기 방을 공개하기 싫어해서 촬영 섭외가 어렵다. 지금의 모습이 거의 최악의 모습이기 때문이다. 어렵게 허락을 받고 촬영을 시작해도 어려운 점이 한두 가지가 아니다. 잠깐 방을 공개하면 될 줄 알았는데 두세 시간 촬영이 계속되니 짜증을 낸다. 같은 복도를 쓰는 이웃 방에도 눈치가 보인다. 촬영하느라 왔다 갔다 하는 작은 소리도 예민한 시험 준비생들의 신경을 건드린다.

작은 방이라 카메라 각도를 잡는 것도 쉽지 않다. 그래도 삼각대를 세우고 사다리에 올라가 광각 렌즈로 촬영을 했다. 작은 창이 있지만 어두컴컴하고 방마다 빛이 다르기 때문에 노출을 맞추는 것도 어려웠다. 어둡고 지저분하지만, 그래도 무언가 꿈이 있는 그들의 생활공간을 표현하기 위해서는 빛이 너무 밝아도 안 되고, 그림이 너무 선명해도 안 되었다. 처음에는 디지털 카메라로 작업을 했으나 마음에 들지 않아 필름 카메라를 동원했다. 고시원 풍경의 독특한 질감을 잡기 위해서다. 결국은 고시원 촬영을 하는데 카메라를 세 대나 동원했다.

고시원 작업이 거의 완성되었으나 그래도 허전했다. 작은 방이라 그 모습이 비슷비슷했기 때문이다. 마지막으로 나온 아이디어가 방의 주인을 사진에 넣자는 것이었다. 그 순간 작가의 얼굴은 난감한 표정으로 일그러졌다. 방 촬영도 사정사정하며 허락을 구했는데, 누가 자기 얼굴을 보여주겠는가. 최악의 자기 모습을 공개하고 싶은 사람은 없을 거다. 그래도 해냈다. 방주인의 뒷모습을 촬영한 것이다. 방 사진 밑에 작은 크기로 방주인의 사진을 함께 전시했다. 역시 사람의 힘은 강했다. 사진이 살아났다. 방은 비슷비슷했지만, 사람이 들어가니 다른 느낌을 주었다. 시험 준비생, 소방 공무원, 택배 기사, 미용사가 강한 메시지를 던져주고 있었다.

사람은 뒷모습만으로도 사진에 생명력을 불어넣는다.

박상희 〈고시원〉 2013
한 평에서 꿈을 키운다. 좁은 방안은 작은 소품들로 꿈의 크기만큼 가득 차 있다.

05

아마추어 사진 vs.
프로 사진

#내 눈에만 좋은 사진

사진은 사람을 설레게 하고 흥분하게 만든다. 적어도 대학원에서 순수사진을 공부하기 전까지는 그랬다. 사진촬영 나가는 것이 즐거웠고 사진여행을 떠나기 전날 밤은 소풍을 앞둔 아이처럼 잠이 오지 않았다. 그런데 대학원에서 정식으로 예술사진을 공부하면서 설렘은 사라졌다. 감탄사도 적어졌다. 많은 전시를 보고 대가들의 작품을 공부하면서 눈이 트인 탓인지, 겉멋이 든 탓인지 모르겠다.

그러나 처음 사진을 배우는 사람들이 즐거워하는 모습을 보면 좋다. 나도 그런 때가 있었기에 설명할 길 없는 흐뭇함과 감동이 솟아난다. 처음 역광 사진을 찍고 신기해하던 기억이 난다. 마치 모자이크한 미술작품 같았다. '해를 안고 사진을 찍으면 작품이 나온다.'는 말이 이래서 생겼구나, 알게 되었다. 일출과 일몰 사진은 누구나 선망하는 사진이다. 일출 사진을 찍으려고 거의 밤을 새고 해 뜨기 한 시간 전부터 나가 기다리던 일, 순천만의 멋진 일몰을 찍겠다는 일념에 좋은 자리를 잡으려고 해 지기 두 시간 전부터 자리 잡고 기다리던 일 등 추억이 많다. 안면도에 있는 K사장 별장에 놀러가서도 남들은 술 마시고 노래 부르고 즐겁게 노는데, 나는 혼자서 지는 해를 열심히 찍었던 기억도 난다. 돌아와서 '해를 마케팅 하라.'는 글을 쓰기도 했다. 그러나 일출, 일몰 사진은 예술작품으로서의 가치는 적다. 이미 훌륭한 사진들이 너무나 많기 때문에, 이것을 나만의 방식으로 표현하기는 쉽지 않다. 무엇보다 떠오르는 해를 직접 보는 것보다 더 아름답고 장엄하고 감격스럽기는 어렵다. 그저 내가 찍었으니 내 눈에만 아름답고 가치 있게 느껴질 뿐이다.

물 위에 비친 반영 사진도 매력적이다. 사진을 처음 배울 때, 덕수궁으로 촬영을 나갔다. 이때 최우수상을 받은 사진은 얕은 물에 비친 고층 빌딩과 덕수궁의 고전적 지붕을 조화시킨 사진이었다. 고전과 현대가 함께 표현된 것이다. 내 사진은 아니었지만 느낌이 좋았다. 특히 물에 비친 모습은 대단히 매력적이었다. 그 후 한동안은 반영만 쫓아 다녔다. 호수, 얼음, 유리창에 비친 반영, 그림자가 대상이었다. 늦겨울 보라매 공원의 녹아 가는 얼음 위에서 썰매 타는 어린아이들을 찍기 위해 하루 종일 얼음 바닥에 카메라를 들이대고 있기도 했다.

그림자도 열심히 쫓아다녔다. 하늘 맑고 햇살 좋은 가을 날, 늦은 오후에 길게 늘어진 그림자는 사진 하는 사람에게만 보이는 하늘의 선물이다. 그림자가 주는 메시지는 특별하다. 어떤 날은 몇 시간 동안 공원에 앉아 그림자만 채집했다. 산책하는 사람들, 아이들의 발자국, 한껏 모양을 낸 강아지들, 새들의 율동까지 그림자는 새로운 세상의 스토리를 말해 주는 것 같았다. 그러나 작품으로는 너무나 단순했다.

대학원에 입학해서도 혼자 흥분하고 설레다가 망신(?)을 당한 적이 한두 번이 아니었다. 한번은 눈 내린 겨울 염전으로 촬영을 나갔다. 눈 풍경은 염전이나 들판이나 별 차이가 없다. 몇 커트 촬영했는데 눈 속에 파묻힌 녹슨 철물이 눈에 띄었다. 오래된 저울도 있고, 염전을 평평하게 하기 위해 밀고 다니는 밀대와 소금을 담아 옮기는 손수레도 있었다. 흰 눈 속에 녹슨 철물은 염전의 흔적이고 여름의 궤적이다. 사람의 체취이기도 하다. 열심히 찍었다. 겨울 염전에서 새로운 것을 발견했다고 설렜다. 사진과 미술을 강의하는 S 교수 앞에 자랑스레 그 사진들을 펼쳐 놓았다. 그런데 사진을 보더니 입맛만 다시며 한동안 말이 없던 교수가 한마디 했다. '이런 사진을 하려면 정확한 데이터를 기록해 가며 오랫동안 작업을 해야 할 것 같아요.' 또 실패다.

사진 작업은 설렜다, 흥분했다, 얼굴 붉히며 끝난다.

#왜 설렘은 사라지는가?

사진을 하면 눈이 좋아진다. 마치 백내장 환자가 수술을 하고 눈앞이 밝아진 것 같은 느낌이다. 처음에는 세상이 뿌옇게 보였다. 마치 짙은 안개가 낀 것처럼 아름다운 색깔도 제대로 보이지 않았고 멀리 가물거리는 물체도 분간이 안 갔다. 사람의 얼굴도 제대로 알아보지 못했다. 얼굴의 주름살, 주근깨, 세월의 상처는 더욱 알아 볼 수 없었다. 그런데 어느 날 갑자기 세상이 환해졌다. 매일 출퇴근길에서 보던 나무, 꽃, 도로, 자동차, 건물인데 그것들이 새롭게 보였다. 어제까지 보던 세상과는 달라 보였다. 꽃, 나무, 풀들의 색깔이 하나하나 선명히 눈에 들어왔다. 나뭇잎의 색깔도 제각각 다르고, 나무줄기의 모양도 달랐다. 지나가는 사람들의 모습에서도 살아 온 흔적이 느껴졌다. 머리카락은 물론 턱 밑의 검은 사마귀, 검버섯까지 보이고 굵은 손가락 마디가 정겹게 다가온다. 그래서 사진을 찍는다. 그리고 사진에 빠져든다.

  벚꽃, 개나리, 철쭉이 그렇게 아름다운지 몰랐고, 아침에 떠오르는 해와 저녁에 지는 노을이 그렇게 가슴을 설레게 하는지 몰랐다. 늦가을 담벼락에 누렇게 물든 담쟁이 넝쿨이나 한겨울 길가에 쌓인 눈 위로 드리워진 대나무 그림자가 그렇게 예술적인지도 몰랐다. 신기하다. 사진을 하면 눈만 좋아지는 것이 아니라 귀도 밝아지고 코도 예민해지고 오감이 살아난다. 몸 전체로 오는 느낌이 달라진다. 바람 소리가 들리고 풀벌레 울음소리가 들린다. 도심에는 벌레가 없는 줄 알았는데 자세히 보니 우리 주위에 같이 살고 있는 생물들이 많았다. 매미도 있고 말벌도 있고 나비, 잠자리도 있다. 송화 가루 냄새도 나고 상큼

한 복숭아꽃 향기도 느껴진다. 그동안 책상 위에 작은 화분 하나 놓아 둘 줄 모르고, 승진할 때마다 축하 선물로 받은 동양란은 모두 말려 죽였는데 너무 미안하다.

사진을 시작하면서 설렘이 많아졌다. 마치 내가 처음 발견한 꽃인 줄 알고 들떠서 사진을 찍었다. 나만을 위해 떠오르는 태양인양 마냥 감격스러워 했다. 선유도의 좁은 오솔길에 소나무 그림자가 깊게 드리워져 있고, 그 아래 토끼 두 마리가 나와 놀고 있는 사진을 찍고는 너무 좋아했다. 하느님이 나를 위해 토끼를 보내 주신 것 같았다. 버스나 기차를 타고 가면서도 사진을 찍고 비행기 속에서도 셔터를 눌렀다. 항상 카메라를 손에 놓지 않았다. 찍을 때마다 작품사진 같았다. 때로는 흥분하고 아무나 붙들고 자랑했다. 그런데 어느 순간엔가 흥분이 사라졌다. 신기함이 없어졌다. 내가 본 꽃은 너무나 많은 사람들이 거쳐 간 것이고, 내가 바라본 태양은 나만의 것이 아니었다.

시골구석을 다니며 야생화를 촬영하는 친구는 이제 보통 꽃은 재미가 없어 못 찍겠다고 한다. 겉보기에 화려하고 덩치만 큰 꽃들은 이제 전혀 아름답지 않다는 것이다. 사람의 손을 타지 않고 잡초들 사이를 비집고 피어난 이름 없는 작은 꽃이 풍기는 아름다움은 말로 설명할 수가 없다. 아름다움 이상의 강한 생명력이 느껴지고 화장하지 않은 시골 처녀의 순수한 아름다움이 전해진다. 활짝 핀 꽃보다는 꽃잎이 시들어 비틀리고, 탱탱해진 씨앗의 무게를 이기지 못해 고개를 떨군 해바라기 꽃이 더 많은 이야기를 담고 있다. 먹구름 낀 하늘 사이로 살짝 비친 햇살을 보는 순간, 떠오르는 해는 더 이상 감흥을 주지 못한다. 아름다운 것이 널려 있는 자연인데 나만의 것, 나의 냄새를 찾기란 쉽지 않다. 그래서 나는 사진을 탐험이라 이름 붙였다.

사진은 신기함을 찾아서, 나만의 것을 찾아서 떠나는 탐험이다.

#짜릿한 첫 번째 전시

"처음에는 누구나 설레요. 아주 흐뭇하죠?" 수채화 전시를 처음 하는 날 선배 작가 한 분이 살짝 귀띔해 준다. 나는 동호인들과 함께한 이 전시회에 아내와 딸을 초대했다. 전시된 작품 옆에서 사진도 함께 찍었다. 사과를 그린 20호 크기의 작품 두 점을 출품했는데, 하나는 사과 밭에 떨어져 썩어 가는 낙과를 그린 것이고 다른 하나는 나무에 매달려 익어 가는 푸른 사과를 그린 것이다. 내가 그린 작품을 액자에 넣어 전시장에 걸어 놓고 조명을 비추니 그럴듯했다. 나뿐 아니라 함께 그림을 배우기 시작한 초보 동료들도 모두 가족들이 참석했다. 그러나 경력이 오래된 선배 작가들은 모두 혼자다.

사진과 수채화 공부를 시작한 지 8년이 되었다. 그동안 사진 전시 9번, 수채화 전시 14번을 했다. 사진은 개인전도 한 번 했다. 이제는 전시가 시들해졌다. 공모전이나 이름 있는 전시회는 출품하지 못했으나 그룹 전시를 할 기회는 의외로 많았다. 그룹 전시 요청을 받으면 오히려 부담스럽다. 출품료를 내고 액자에 표구해야 하고, 반입과 반출 비용도 들어가기 때문이다. 어떤 때는 의무적으로 작품을 출품하기도 한다. 작품을 출품해 놓고 오프닝은 물론 전시회가 끝나도록 가보지 못하는 경우도 있다. 시간이 안 맞아서 불가피한 경우도 있지만 그 만큼 우선순위가 멀어진 것이다.

가장 감동적이고 흥분되는 것은 역시 첫 번째 전시다. 그래서 나는 다른 전시는 못가더라도 첫 번째 전시에 초청 받으면 꼭 간다. 초청해 달라고 부탁도 한다. 흥분된 마음을 함께하고 예술 작업의 시작을 격려해 주는 것이다. 사진이든 그림이든 첫 번째 전시는 비록 작품 수준은 떨어지지만 경건한 스타트라는 의미가 깊다. 나의 첫 번째 사진 전시는 사진 공부한 지 6개월 되었을 때였다. 송년회를 겸해 사진 전시를 하니 의무적으로 작품을 내야 한다는 것이었다. 나는 강원도 동강에서 촬영한 인물 사진을 냈다.

그날은 구름도 끼고 우중충한 여름이었다. 시골 길을 가고 있는데 갑자기 앞으로 오토바이 떼가 몰려 왔다. 대낮인데도 헤드라이트를 켜고 부릉부릉 소리를 내며 달려오는 오토바이들은 포장되지 않은 황톳길에 뿌얀 먼지를 일으켰다. 그때 한 할아버지가 오토바이 중간에 끼어 어쩔 줄을 몰라 했다. 한복 바지저고리에 중절모를 쓴 할아버지였다. 모처럼 외출 길에 봉변을 당하고 있는 것이다. 반사적으로 셔터를 눌렀다. 그 지역의 주인인 할아버지가 외지인들 때문에 어려움에 처한 것이다. 그래서 '이방인'이라 제목을 붙였다. 그 사진을 찍은 후 몇 번이고 다시 보았다. 강도떼처럼 달려드는 오토바이들 한가운데서 당황하고 있는 할아버지의 기분이 느껴졌다. 외래문화에 밀려 쫓겨나고 있는 토종문화가 떠올랐다. 물론 사진은 핀트도 제대로 맞지 않고 화질도 좋지 않았다. 크게 프린트할 사진은 아니었고, 지금 내가 작업하고 있는 사진과 방향이 맞는 것도 아니었다. 지금 생각해 보면 볼품없는 사진이다. 그러나 나에게는 가장 소중한 사진이다. 사진 공부를 시작한 이후 첫 번째 전시 작품이기 때문이다. 제대로 된 갤러리도 아니고 어느 호텔 리조트의 홍보용 전시장에서 아마추어 동호인들끼리 모여서 한 전시였는데, 가족들과 몇 번이나 가 보았던 기억이 아직도 생생하다.

가장 크게 축하해 주어야 할 것이, 첫 번째 전시다.

〈이방인〉 2008
누가 주인인가? 광폭한 침입자
들 속에서 토종 주인 어르신이
어쩔 줄 몰라 하신다. 첫 번째 전
시 사진이다.

#난치병, 핀트 공포증

사진 공부의 기초가 수평 수직 맞추기와 핀트 맞추기인데 그게 꽤 어려웠다. 그에 비하여 사진 구도는 처음부터 어느 정도 잘 잡았다. 초보답지 않게 인물도 과감히 잘라내고 바싹 들이대어 색다른 느낌이 나는 사진을 만들었다. 사진은 처음이지만 마케팅 관련 일을 계속하면서 광고를 많이 본 것도 도움이 되었다. 무엇보다 남이 안 한 것을 해야 한다는 마케팅 슬로건이 사진에서도 통하는 것 같았다. 그런데 가장 기초가 되는 노출과 핀트가 문제였다. 처음 촬영한 사진을 보면 모델이 비틀거린다. 윤곽이 희미하고 핀트도 맞지 않았다. 구도가 괜찮아서 촬영했는데, 나중에 보면 결정적으로 핀트가 맞는 부분이 없었다.

사실 디지털 카메라는 핀트 맞추기가 매우 쉽다. 뷰 파인더에 눈을 대고 들여다보다가 반 셔터를 누른 다음 빨간 불이 반짝거리면 셔터를 누르면 된다. 자동노출, 자동 타이밍 시스템이 갖춰져 있어서 스스로 핀을 맞춰주는 것이다. 그러나 그렇게 촬영한 사진은 평범하다. 표준적인 컬러나 빛이 나오기 때문이다. 자기만의 빛이나 그림자, 분위기를 만들려면 수동으로 노출과 타이밍을 조정해야 한다. 또 대부분의 피사체는 움직이고 있다. 스튜디오 안에서 촬영하는 것이 아니라면 풍경도 인물도 움직인다. 움직이는 상황에서 최적의 타이밍을 찾아야 한다. 삼각대를 설치하고 어떤 때는 릴리즈를 써서 움직임을 최소화한다. 그래도 실수하는 경우가 많다.

핀트는 사진을 크게 확대하다 보면 더욱 문제가 두드러진다. 카메라 모니터로 볼 때는 핀트가 잘 맞은 것 같았는데 컴퓨터 모니터에 확대해 보면 아니었다. 게다가 컴퓨터로 볼 때는 핀트가 맞은 것 같았는데 나중에 확대하여 프린트해 놓고 보면 또 아니다. 핀트 때문에 좋은 작품을 선택하지 못하는 경우도 많았다. 너무 아쉽고 아까웠다. 특히 C교수는 핀트가 맞지 않는 것은 사진이 아니라는 말을 내게 자주 했다. 물론 의도적으로 핀트를 흐려 감각적인 분위기를 만드는 사진도 있지만 그런 뚜렷한 목적이 없다면 핀트가 맞아야 한다.

눈이 나쁜 것도 영향을 주었다. 특히 백내장 진단을 받은 후로는 눈이 급속도로 나빠져 촬영 현장에서 판단이 잘 안 되었다. 그러다 보니 한 장면에서 같은 조건에 여러 장의 사진을 촬영했다. 디지털 카메라라 가능했다. 필름 카메라였다면 엄청난 비용을 각오해야 했을 것이다. 그 바람에 나쁜 습관이 붙었다. 한 장을 촬영하더라도 정성을 다하고 정확히 계산하여 신중하게 찍어야 하는데 대략 분위기를 맞춘 후 연속적으로 셔터를 누르는 것이다. 지도교수는 디지털 카메라라도 필름 카메라 다루듯 신중하게 촬영하는 습관을 기르라고 한다. 창피한 이야기이지만 사진으로 석사학위까지 받았는데 아직도 핀트 공포증을 벗어나지 못하고 있다. 사진을 찍고 나면 카메라 모니터의 크기를 최대로 돌려가며 핀트가 맞는지 확인한다.

그나마 최근에는 요령이 생겼다. 디지털 카메라에 수동으로 거리를 맞추었다. 1미터, 2미터 거리를 눈으로 측정한 다음 그에 맞춰 조리개를 설정하고 사진을 찍었다. 그것도 불안하면 계속 거리를 조금씩 조정해 가며 사진을 찍었다. 움직이는 피사체는 타임을 빠르게 설정하고 역시 수동으로 거리를 조정해 가며 찍었다. 그렇게 촬영하니 자동으로 거리를 맞춘 것보다 오히려 조금 나았다.

전문가가 된다는 것은 핸디캡을 극복하는 것이다.

#마이크로 렌즈로 보는 신세계

눈으로 보는 것보다 더 정확하고, 눈으로 보는 것을 넘어선 또 다른 세상을 보여주는 것이 사진이다. 그중에서도 마이크로 렌즈는 색다른 사진의 묘미를 느끼게 해준다. 마이크로 렌즈는 사물을 확대해서 찍는 렌즈를 말하는데 야생화 사진가들이 많이 쓴다. 사진가들이 많이 쓰는 100마이크로 렌즈의 경우 대상의 10센티미터 앞에까지 다가가서 촬영할 수 있다. 이 사진을 확대하여 프린트하면 완전히 새로운 느낌이 난다. 사진은 있는 그대로를 찍는 것보다 보통 사람들이 잘 볼 수 없는 특이한 각도를 찾아내거나 변형시킬 때 더 재미있다. 그런 관점에서 보면 마이크로 렌즈는 찍는 것만으로도 색다른 묘미를 느끼게 해 준다.

우선 눈으로 보는 것보다 사물을 크게 보여준다. 크게 확대하면 보이지 않던 세계가 보인다. 꽃송이만 보아 왔는데 꽃잎 깊숙이 숨겨진 꽃술도 보이고 이슬방울도 보인다. 할미꽃 솜털이 바람에 하늘거리고 가는 솜털의 그림자가 줄기를 감싸고 있는 모습도 보인다. 썩은 사과 속을 파고드는 작은 개미도 보이고 진딧물의 활발한 움직임도 보인다. 자연의 오묘한 조화가 사진 속에서 살아 숨 쉰다. 마이크로 렌즈는 새로운 컬러도 보여준다. 조리개를 최대한 열고 가까이 다가가면 초점이 바로 맞춰진 꽃잎을 제외하고 나머지 배경은 복합된 색으로 나타난다. 아름다운 자연의 컬러와 빛이 조화되어 그림물감으로도 표현할 수 없는 새로운 색의 세계가 나타난다. 빨강, 노랑, 파랑 튤립을 찍었는데 잎사귀의 초록색과 어울려 수채화 물감을 풀어 놓은 듯 화려하고 은은한 색이 빛을 발하고 있었다.

처음 마이크로 렌즈를 구입했을 때는 이러한 매력에 끌려 하루 종일 한택식물원에 가서 배를 깔고 엎드려 뒹굴었던 적도 있었다.

무엇보다 마이크로 렌즈는 새로운 형태를 보여준다. 나는 염전 사진을 찍으면서 마이크로 렌즈를 많이 사용했다. 소금 알이 수정 덩어리가 되어 반짝이기도 하고, 마치 입 안의 어금니를 확대하여 찍은 느낌도 났다. 또 소금은 얼음이나 눈의 결정, 혹은 북극해에 떠다니는 빙산이 되기도 했다. 바닷물이 수천 년 된 대리석의 질감을 보여주기도 하고 별이 뜬 밤하늘로 변신도 했다. 한여름 뜨거운 햇살을 받아 바닷물이 이글이글 끓는 모습이 잡히기도 했다. 마이크로 렌즈가 아니라면 볼 수 없는 풍경들이다. 한번은 마이크로 렌즈로 거미의 눈을 보았다. 숨소리도 들리는 듯했다. 나비의 눈도 보았다. 눈을 보면 마음을 알 수 있다고 했다. 그런데 마음이 열리면 소리를 들을 수 있다. 마이크로 렌즈를 통해 거미, 나비, 하루살이와 이야기를 나누었다. 이들의 외침을 듣고 물에 빠진 거미와 나비를 구해주었다. 가끔 잘 살고 있는지 궁금하다. 언젠가는 다른 세상에서 다시 만나게 될 것이다. 이렇게 마이크로 렌즈로 보는 세상은 우리가 알고 있던 세상이 아니다.

마이크로 렌즈로 촬영할 때면 땅에 배를 깔고 엎드린다. 팔꿈치를 땅바닥에 고정시킨다. 눈높이를 작은 풀이나 꽃잎에 맞춘다. 비로소 자연과 대화할 자세를 갖추는 것이다. 염전에서 사진을 찍을 때도 마찬가지였다. 소금기가 배어 있는 질척거리는 염전 두렁에 그대로 엎드려 렌즈를 최대한 거미, 나비에게 가까이 들이댔다. 10센티미터 거리다. 정말 숨소리까지 들릴 정도다. 내 입에서는 저절로 이런 말이 나왔다. "놀라지 마라. 놀라지 마라. 잠깐 사진만 찍으면 돼." 그러면 작은 생물들이 포즈를 취해 준다.

아주 작은 것을 통해 큰 것을 보게 해주는 것이 사진이다.

#내 작품에 빨간 딱지가 붙었다!

전문 사진가라면 작품이 판매 되어야 한다. 그것도 아는 사람이 사 주는 것이 아니라 미술관, 갤러리나 전혀 모르는 관람객이 사 주어야 한다. 작품이 판매 될 때 작가는 작품의 가치를 인정받는 것이다. 아마추어 작가의 전시에서는 작품 판매가 되었다는 빨간 표시가 붙은 것을 자주 볼 수 있지만, 개인전을 여러 번 한 전문작가의 전시회에서는 빨간 딱지를 구경하기 힘들다. 북경에서 그룹 전시를 할 때였다. 갤러리 측에서 가격을 정해 달라는 요청이 왔다. 가격 얘기를 들으니 이제 진짜 작가로구나, 하는 흥분이 몰려 왔다. 북경 전시에서 함께 전시한 젊은 학생의 작품 7점이 팔렸다. 내 작품이 판매된 것은 아니지만 꿈이 현실이 되고 있다는 느낌이 들었다.

아마추어 시절 그룹 전시회에서 나도 작품을 판매해 본 경험이 있다. 내 작품이 처음 판매되었을 때의 감동은 아직도 잊을 수 없다. 대부분이 경영자들인 사진 동호인들과 호주 서부로 사진여행을 갔었다. 햇빛과 하늘, 바다가 너무 아름다웠다. 2011년 코엑스에서 열린 서울 포토페어에서 CEO 특별전으로 호주 사진전을 했다. 나는 두 작품을 출품했다. 하나는 부둣가 호프집 지붕에 갈매기가 앉아 있는 사진이고 다른 하나는 창창한 바다 한가운데로 광물을 실어 나르던 긴 다리가 멀리 보이는 바닷가 풍경이었다. 바다 한가운데까지 다리를 이어, 거기에 부두를 만들고 광물을 실어 옮겼던 것 같다. 지금은 관광용 다리로 사용되고 있는데 이것을 원경으로 잡았다. 투명한 바닷물이 녹색으로 반사되어 출렁이고, 멀리 바다를 가로질러 마치 천국으로 가는 듯 다리가 길게 뻗어 있는 모습이었다. 보기만 해도 시원했다. 무공해의 바다와 태양, 깨끗한 공기가 그대로 느껴지는 사진이 나왔다.

전시회 마지막 날, 내 작품에 빨간 딱지가 붙어 있었다. 누군가 구입한 것이다. 작품이 판매될 거라고는 기대하지 않았던 만큼, 가슴이 쿵쾅거렸다. 대개 아마추어 작가의 사진은 지인들이 사준다. 나는 전시회에 아무도 초청하지 않았고, 현직에서 은퇴한 후라 사 줄 사람도 없었다. 갤러리 관계자에게 알아보니 우리 사진 모임의 회장께서 구입했다고 한다. 약간 실망이었지만 그래도 좋았다. 평소 인품이 훌륭한 분이라 존경해 왔으나 나와 안 지도 얼마 안 되었고 특별한 교류가 있었던 것도 아니어서 너무 감사했고 부담도 느꼈다. 한편으로는 누가 샀는지 알아보지 말 걸, 하는 후회도 들었다.

작품이 판매되고 보니 진짜 작가가 되었다는 느낌이 들었다. 물론 나를 보고 산 것이 아니라 갤러리를 생각해서 구매하셨을 것이다. 모임의 회장이니까 하나쯤 구매해야 하는 부담도 있었을 것이다. 그래도 많은 작품들 중에 내 작품이 선정되었다는 것이 흐뭇했다. 아니면 다른 사람들 작품은 친지들이 구매해 주어 빨간 딱지가 여기 저기 붙어 있는데 외롭게 전시되어 있는 내 작품이 안쓰러워서였을까? 나중에 뵐 기회가 있어서 고맙다는 인사를 드렸다. "우리 집 식탁 뒤에 걸어 놓았는데 시원하고 좋습니다." 기분 좋게 응답해 주셨다. 어떻게 고마운 뜻을 표현해야 할까, 아직도 빚을 못 갚고 있다. 나중에 내 작품의 가치를 인정받는다면 회장님의 선택도 빛이 날 것이다.

'예술은 돈이다.'라고 이야기한 피카소의 말이 생각난다.

〈천국으로 가는 다리〉 2010
파란 하늘, 속살이 그대로 보이는 맑은 바닷물, 투명한 햇살, 바람, 모두가 하나다. 그 속에 길게 다리가 뻗어 있다. 첫 판매 작품이다.

#죽은 자식 살아나다

연말 그룹 전시회를 위해 여름방학 동안 촬영한 작품들을 교수님께 보여 드리고 리뷰를 받는 자리에서였다. 주제에 따라 4종류로 그루핑하여 20장의 작품을 펼쳐 놓았다. 모자이크 디자인처럼 염전의 소금이 엉켜 있는 사진, 수정을 닮은 소금 뭉치의 접사 사진, 생명을 다한 풀꽃이 염전의 물 위를 날아다니는 사진, 나비가 죽어 염전에 떠 있는 모습 등등이었다. 여기에 '생명'이란 의미를 붙였다. 사진 작업을 시작한 이래 가장 정성을 들였고 가장 많은 시간을 투자했고 가장 많은 생각을 하며 찍은 사진들이었다.

나비가 죽은 것은 죽은 것이 아니다. 몸만 남겨 놓고 영혼이 옮겨간 것이다. 그래서 그 모습이 저렇게 아름답다. 〈생명 2〉라 제목을 붙인 소금물 위에 떠 있는 나비의 사진이었다. 나비만 아니라 들풀들도 여행을 떠난다. 잠시 들렀다 다른 곳으로 가는 것이다. 깜깜한 하늘을 날아가는 풀꽃처럼 소금물 위에 떠 있는 풀씨를 잡았다. 염전의 소금은 수정을 연상시킨다. 아니 꽁꽁 언 얼음 같기도 하다. 한여름에 소금이 조화를 부렸나 보다. 염부가 흘리고 간 소금이 물에 녹아 가는 모습을 찍은 것이다. 햇빛을 받아 반짝이는 것이 깊은 동굴 속 바위 틈에서 자라는 수정들 같았다. 내 딴에는 욕심을 부려 촬영했고 어느 정도 좋은 평가가 나올 것이라 기대했다.

그런데 의외의 반응이 나왔다. "다시 옛날로 돌아가고 있어요. 너무 아름답게 찍고 있잖아요." 교수님의 첫 마디다. "예쁘게 찍고 싶은 유혹을 이겨내야 해요." 그러면서 20장의 사진 중 4장 정도만 골라낸다. 교수님은 사진 하나하나를 눈여겨보는 것 같지도 않았다.

"이 정도는 쓸 수 있겠는데 아무래도 약해요." 내가 마음에 두었던 작품들이 줄줄이 탈락이다. "그럼 지난 번 전시 작품을 그대로 쓰겠습니다." 지난 번 작품은 〈생명 1〉로 교수님께서도 칭찬한 작품이다. 북경 전시를 소개하는 포스터에 주제 사진으로도 사용되었다. 북경에서 한 번 전시했던 작품이라 이번에는 다른 작품으로 하고 싶었는데 어쩔 수 없다. 교수님이 고개를 끄덕이며 대형 사이즈로 프린트해 보라고 한다.

이야기가 끝날 무렵 쭈뼛쭈뼛 다른 사진을 펴들었다. "이 사진은 버리려고 한 것인데 한번 봐주실까요?" 마이크로 렌즈로 소금물에 빠져서 허우적거리다 간신이 기어 나오고 있는 거미를 클로즈업하여 찍은 사진이었다. 거미 다리에 굵은 소금 덩어리가 엉켜 붙어 있고 거미의 까만 눈이 또렷이 보인다. 또 하나는 나방이 무리지어 염전에 빠져 있는 사진이다. 마치 단체로 하늘을 날아 여행을 하고 있는 모습이었는데, 사실 사진이 너무 거칠었다. 몇 주 전 다른 수업 시간에 소개했는데 선생님이나 동료들 반응이 별로였다. 너무 클로즈업하여 징그럽기도 했다. 그래서 이번 프레젠테이션 작품에서 뺐었다. 그래도 혹시나 해서 예비로 갖고 온 것이다. 그런데 작품을 펼치자마자 교수님 표정이 달라졌다. "이 작품 좋은데요. 생명력이 느껴져요. 빛도 살아 있잖아요." 그러면서 작품을 이리 맞추고 저리 맞춰 보신다. "이 작품을 크게 뽑아 보세요. 이것으로 전시를 하죠." 죽은 자식이 살아났다. 예기치 않았던 작품에서 가치를 발견한 것이다.

배우면 배울수록 사진은 더 모르겠다.

#프로는 보이지 않는 것을 찍는다

사진을 하는 즐거움은 아마추어 사진에 있다. 아마추어 시절에는 출사가 기다려지고 늘 흥분되었다. 촬영지에 가면 한 커트라도 더 찍으려고 쉴 새 없이 셔터를 눌러댔다. 항상 메모리카드가 모자라고 건전지 용량도 부족했다. 심지어 이동하는 버스 속에서도 셔터 소리는 끊이지 않았다. 대학원에 들어와 프로 지망생이 되면서 작업이 괴로워졌다. 힘들다, 지루하다, 불안하다. 이 모두는 의도대로 작품이 나오지 않기 때문이다. 심한 경우 이제 사진을 그만둬야겠다는 소리를 하는 학생들도 있다. 나는 사진에 재능이 없는가 보다고 자책하는 사람도 있었다.

아마추어의 작업은 재미있다. 별거 아닌 작품에도 감탄한다. 비슷한 사진을 찍기 때문에 비교하기도 쉽다. 자기 작품이 좋은지 나쁜지도 바로 안다. 초보라도 가끔은 감탄할 만한 사진이 나온다. 아마추어 사진은 풍경 사진, 여행 사진이 대부분이다. 경치 좋은 곳을 찾아다니게 된다. 경치 좋은 곳에 가면 기분이 좋다. 굳이 사진을 찍지 않아도 눈과 마음이 상쾌하다. 프로는 혼자 작업을 하는데 아마추어는 여럿이 함께 작업한다. 아마추어는 어울리는 즐거움이 있다. 식사도 함께 하고 술도 같이 마신다. 시끌벅적 떠들어댄다. 작품보다 놀러 다니는 재미에 빠진 사람들도 있다. 사진이 조금 마음에 들지 않더라도 어울리다 보면 풀린다. 그러나 프로는 작품이 제대로 안 되면 하소연할 곳도 없고 풀어 줄 사람도 없다. 혼자 이겨내야 한다.

아마추어들끼리는 전시회를 해도 흥이 난다. 우선 사람들이 많이 몰려 좋다. 축하 화분이 가득하고 꽃다발도 화려하다. 작품을 따지지 않고 무조건 잘 찍었다고 축하해 준다.

가끔은 친지와 지인이 작품을 사 주기도 한다. 잘 나가는 남편을 둔 여성 작가는 작품이 매진되기도 한다. 그러나 프로의 전시는 의외로 싸늘하다. 초청 인사들도 동업자이자 경쟁자인 작가들이 대부분이다. 축하 화분도 거의 없다. 화분이 들어와도 작품 감상에 방해가 된다고 치워 버린다. 우선 작가 자신이 절대 흐뭇해 하지 않는다. 항상 작품은 미완성인 채로 전시된다. 작품을 보는 전문가 관람객들의 시선을 쫓아가며 전시 성공 여부를 가늠한다. 전문 잡지에 평이라도 실리게 되면 대가로 가는 가능성이 생기는 것 같아 흥분하지만 자력으로 그런 행운을 잡기는 힘들다.

　　그래도 모두가 어느 정도 경력이 쌓이고 나면 프로가 되고 싶어 한다. 고민하는 즐거움, 생각하는 즐거움이 있기 때문이다. 고생 끝에 얻는 기쁨도 있다. 아마추어와 프로의 차이는 생각보다 크다. 아마추어는 사진이 재미있다고 하고, 프로는 사진이 점점 힘들어 진다고 한다. 아마추어는 보이는 것을 찍고, 프로는 보이지 않는 것을 찍는다. 아마추어는 모습을 찍고, 프로는 생각을 찍는다. 아마추어는 많은 사람들이 하는 것을 따라서 하고, 프로는 자기만의 것을 찾는다. 아마추어는 복사하고, 프로는 창조한다. 아마추어는 찍고, 프로는 그린다. 아마추어는 기록하고, 프로는 상상한다. 아마추어는 구상화고, 프로는 추상화다. 아마추어는 소설이고, 프로는 시다. 무엇보다 아마추어는 전시하면 되지만 프로는 팔려야 한다. 작가와의 친분 때문에 사는 것이 아니라 작품이 좋아서 사야 한다.
　　무엇보다 프로는 고행을 인내하고 승화시킬 수 있는 내공이 있어야 한다.

하루살이가 알려준 삶의 철학

내일은 풍경 사진 수업이 있는 날이다. 준비한 작품이 있기는 한데 마음에 들지 않는다. 친구들과 골프 약속도 있다. 아침에 나오면서 혹시 몰라 카메라를 준비해 왔다. 가방에 작업용 청바지와 사진 조끼, 생수, 염전에서 만나는 사람들에게 건넬 과자도 몇 개 준비했다. 골프가 끝나자 욕심이 생겼다. 아니 부실한 작품을 갖고 가기 싫었나 보다. 딱히 간다고 좋은 작품이 나오는 것도 아니지만, 어쨌든 나의 작업장 대부도 염전으로 출발했다. 내비게이션의 도착 예정 시간이 다섯 시 반을 가르친다. 준비하고 사진 촬영하려면 시간이 빠듯하다. 한 시간도 못 찍겠다. 그래도 무조건 갔다.

촬영 시간도 부족하니, 오늘은 염전에 들어가 가장 가까이 있는 도랑을 돌기로 했다. 내가 좋아하는 작가 마이너화이트의 주문을 외면서……. 저녁 햇살이 날아와 염전에 박힌다. 어제 비가 와서인지 염전에는 소금의 흔적이 없다. 그래도 탐색을 시작했다. 노루를 쫓는 사냥꾼처럼 조심조심 도랑을 따라가며 사진 소재를 탐색했다. 마치 희귀식물을 찾아 나선 식물학자나 작은 단서라도 발견하려는 사립탐정처럼 염전을 훑어갔다. 소금을 만드는 결정지에서는 아무것도 발견하지 못했다. 그러다 소금물을 가두어 놓는 염지에 들어섰을 때 숨이 멈추는 것 같았다. 소금기가 엉켜 누런 거품을 만들고 있는 바닷물 위에 수천 마리의 하루살이 떼가 앉아 있었다. 지금까지 보아 왔던 염전의 풍경과는 전혀 다른, 또 다른 모습이었다. 가슴이 쿵쾅쿵쾅 뛰었다.

멀리서 보니 마치 아프리카 초원을 달리는 들소 무리 같았다. 아니 남극의 펭귄들이 해안가에 몰려 앉아 햇볕을 쬐고 있는 것 같았다. 그늘에 가려진 벽은 마치 중국이나 아메리카 대륙의 거대한 협곡을 보는 듯했다. 짙게 농축되고 퇴색된 바닷물이 갯벌과 어울려 수만 년 퇴적된 절벽의 분위기를 만들어 주었다. 거기에 사라져가는 저녁 햇살이 짙고 긴 그림자를 드리우고 있다. 망원 렌즈를 꺼내 들었다. 아무리 가깝게 당겨도 작은 점처럼 보인다. 점들이 몰려 있다. 정신없이 셔터를 눌렀다. 너무 늦어 해가 지는 것이 아쉬웠다. 바람이 일 때마다 무리들은 출렁출렁 이리저리 움직였다.

집에 와서 모니터로 확대해보니 또 다른 느낌이 왔다. 하루살이 떼들은 그냥 몰려 있는 것이 아니었다. 무언가를 하고 있었다. 짝짓기를 하거나 쌍을 이루어 속삭이는 친구들, 떼로 엉켜 싸우는 무리들도 있었다. 가족이나 친지인 듯 둥그렇게 둘러 앉아 이야기를 나누는 친구들, 멀리 떨어져 혼자서 고독을 씹고 있는 녀석도 있었다. 그리고 보니 사람 사는 모습과 똑같았다. 하루살이는 알과 애벌레의 형태로 물속에서 1년을 살고, 물 밖에 나와서는 일주일밖에 못 산다고 한다. 하루살이란 이름처럼 하루밖에 못사는 것은 아니지만 가장 짧게 사는 생명체 중 하나다. 웅덩이 물 위에 떠 있는 하루살이 떼들도 죽음을 기다리고 있는지 모른다. 힘이 빠져 날개가 살짝 물에 닿으면 바로 물속에 빠져 버릴 아슬아슬한 순간인데도 영원히 살 것처럼 태평하다. 오늘 죽을지 내일 죽을지 모르면서, 인간이 하는 모든 짓을 똑같이 한다. 무리가 떼를 지어 손가락질하고 서로 엉켜 싸우고 욕심내고 질투한다. 그런가 하면 속삭이고 사랑하고 아껴주며 시간이 가는 것을 아쉬워하는 녀석들도 있다. 혼자서 고독을 씹고 한탄하고 슬퍼하고 멍하니 정신을 놓고 있는 놈들도 있다. 사람들과 똑같다.

하늘에서 우리를 내려다보면, 하루살이 떼와 똑같지 않을까.

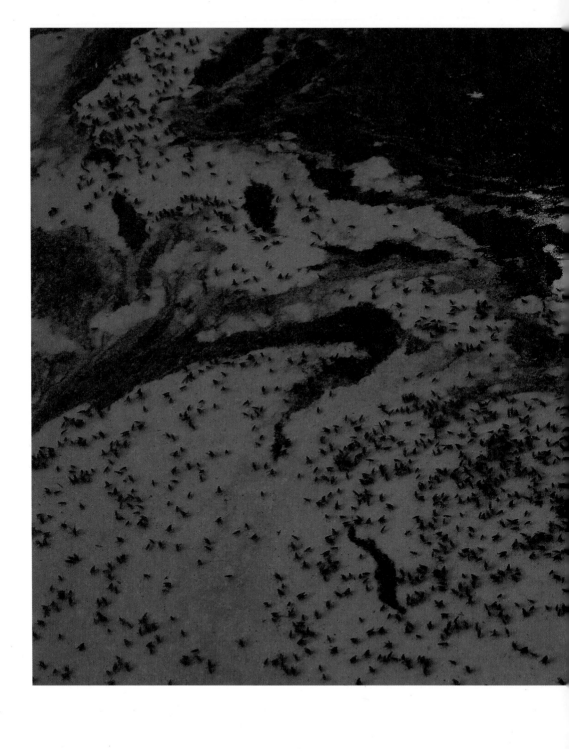

〈삶〉 2014

하루살이 떼는 하늘에서 보는 인간의 모습이다. 한두 시간 후면 세상을 떠날 텐데, 미친 듯 짝짓기하고 패거리 지어 싸우고,
오순도순 이야기 나누고, 혼자서 고독을 씹고 있다.

06

나만의 사진을
찾아서

#염전은 나의 성지

마음이 답답하고 일이 잘 풀리지 않을 때면 대부도 염전을 찾아간다. 시원한 바람이 좋고 넓은 소금 벌판이 좋다. 낡은 소금 창고, 소금에 절은 밀차, 소금물에 부풀어 오른 고무래가 나를 반겨 주는 것 같다. 소금물 위를 낮게 날고 있는 나비, 나방, 하루살이들이 손짓을 한다. 100번 가까이 염전에 드나드는 동안 정이 많이 들었다. 무엇보다 염전까지 차를 몰고 가는 한 시간 남짓한 시간이 좋다. 생각의 시간이다. 차를 모는 동안 복잡하던 생각이 저절로 정리된다. 특히 대부도로 들어가기 위해 바다 가운데를 가로지르는 시화 방조제를 지날 때면 다른 세계에 들어온 것 같은 기분을 느낀다. 바다가 주는 이질감이 새로운 느낌을 만드는 것이다. 나만의 공간, 나만의 영역으로 들어선다.

염전은 내 사진의 성지다. 기도를 드리는 곳이다. 처음으로 사진다운 사진을 찍었고 무수한 시행착오를 반복하며 사진을 배운 곳이다. 많은 고민을 했고 많은 생각을 했던 곳이다. 70년 살아온 인생을 몇 번식 복기해 가며 의미를 되새긴 곳이기도 하다. 사진 기술도 염전에서 배웠다. 아마추어 시절 자동노출, 자동 타이밍, 자동 초점으로 사진 찍는 것이 습관이 되어 카메라의 원리도 제대로 모르고 여러 가지 기능을 활용할 줄도 몰랐다. 수동으로 조리개, 시간, 거리를 조정하며 촬영하기 시작한 것이 염전에 50번 정도 출사를 나간 다음부터였다. 시간을 길게 주기도 하고 짧게도 찍어 보고 조리개를 최소로 좁혀서 찍기도 하고 최대한 열고 가까이 찍기도 했다. 그때마다 수동으로 조절하니 사진이 달라졌다. 렌즈를 갈아 끼는 것이 불편해 줌 렌즈만 써 오다가, 다양한 렌즈를 시험해 본 곳도 염전이다. 나에게 염전은 사진 실험실이었다.

처음으로 빛을 느낀 곳 역시 염전이다. 해 뜨기 전 깜깜한 어둠부터 시작해 해가 질 때까지 찍어 보기도 했다. 밝음과 어둠이 만드는 대비를 찾아 염전 웅덩이나 포장 밑을 더듬기도 하고, 작은 소금 알과 하루살이가 만드는 그림자를 찾아 눈동자에 핏발을 세우기도 했다. 무엇보다 나비, 하루살이, 거미 등을 만나 대화를 나눈 것은 인생의 큰 전환이었다. 눈을 뜨고 마음을 여니 새로운 세상이 보였다. 시야가 넓어졌다. 불교의 윤회, 기독교의 중생, 장자의 제물론에서 이야기하는 우주의 '탈바꿈'에 대해 생각했고 염전에서 보는 소금, 나비, 하루살이에서 생명의 공감대를 느꼈다. 그런 생각에서 보니 모든 것이 신성해 보였다. 염전은 생각의 눈을 뜨게 해 준 곳이다.

염전에서 구박도 많이 받았다. 뜨거운 여름에 땀 흘리며 일하는 사람들에게 카메라를 들이대는 관광객이나 사진가들이 좋게 보일 리 없다. 특히 사진을 찍으려면 염전 안으로 들어가야 하니 철면피가 되어야 한다. 항상 먼저 인사하고 말을 건넨다. 가방에 과자나 사탕을 넣어 다니다가 아이들을 만나면 건네준다. 가끔은 소주도 사서 돌렸다. 그래도 성격이 급한 분은 소리를 지르거나 화를 내기도 했다. 그래도 항상 웃으며 다가갔다. 사진을 하면서 얼굴이 두꺼워졌다. 욕을 먹어도 아무렇지가 않다. 욕을 하던 분들도 다음에 만나면 수그러든다. 사진을 하려면 우선 사람과 친해져야 하고 그들 세계에 들어가야 한다. 나도 모르는 사이에 끈기가 생긴 것이다. 염전은 다시 인간을 배우게 해주었다.

천주교인이 성당에 가서 고해 성사를 하고 영성체를 받듯, 나는 앞으로도 쭉 염전으로 달려갈 것이다.

#사진가는 무속인

사진을 하면 철학자가 된다고 한다. 철학자까지는 지나친 과장이지만 사물의 본질, 사람의 본성에 대해 깊게 생각하게 되는 것은 확실하다. 어느 사진가의 서재에 가면 사진 책은 없고 철학, 역사책만 가득하다는 잡지 기사를 보고 의아해 한 적이 있는데 사진 공부를 하면서 이해가 되었다. 사진과 미술 시간에 소개되는 작품들은 무언가 생각을 담은 작품들이다. 설명을 듣지 않았다면 저게 무슨 작품인지, 의문을 가졌을 작품도 많다. 그러나 설명을 듣고 보면 고개가 끄덕여진다.

염전에서 나비를 찍으면서는 장자의 나비 이야기가 떠올랐다. 음악가 윤이상이 '나비의 꿈'이라는 오페라로 작곡할 정도로 장자의 철학을 대표하는 유명한 이야기다. 중국과 우리나라에는 장자의 나비 꿈을 주제로 한 그림 작품도 많다. 장자가 잠이 들었는데 나비가 되어 훨훨 날아다니는 꿈을 꾸었다. 꿈에서 깨어나 생각했다. 내가 나비가 되어 날아다닌 꿈을 꾼 것인가, 나비가 인간이 되어 살고 있는 꿈을 꾸고 있는 것인가? 깊이 생각할수록 더 모르겠다. 나비와 나는 동격인지도 모른다.

소금물에 떠 있는 나비의 모습을 보면서 생각에 잠겼다. 저 나비는 죽은 것이 아니야. 이 세상에 여행 왔다가 몸만 남겨 놓고 또 다른 세상으로 떠난 거야. 생각이 거기 미치니 나비의 죽은 모습이 아름다웠다. 조금도 슬퍼 보이지 않았다. 염전에 떠 있는 소금 알들은 밤하늘의 별처럼 보였다. 나비는 총총히 떠 있는 별 사이를 스치면서 먼 하늘로 훨훨 날아가고 있는 것 같았다. 나비, 나방, 하루살이가 엉켜 염전에 떠 있는 모습은 하늘을 향해 무리지어 여행 가는 것 같았다. 그래서 '여행'이라 제목을 정했다.

그래 맞아. 나비는 몇 개월을 살고 하루살이는 하루만 산다면 너무 불공평하지. 하느님이 그렇게 하셨을 리가 없어. 소금을 보아도 알 수 있어. 바닷물이 염전에 들어와 햇볕을 받으면 물은 영혼이 되어 하늘로 날아가고 몸은 소금이 되어 밭에 남는다. 하늘로 올라간 영혼은 다시 물이 되어 지상으로 떨어진다. 어떤 물은 인간의 몸속으로 들어가 사람이 되고, 어떤 물은 나무의 뿌리로 들어가 꽃을 피운다. 몸은 남아 있지만 영혼은 다른 세계로 간 것이다. 나비도 바닷물과 같이 그 영혼이 순환하고 있으리라 생각했다.

꼬리를 무는 생각은 염전의 나비를 다른 관점으로 보게 했다. 나와 나비는 동격이란 생각이 들었다. 내 몸속에 나비의 영혼이 이미 들어와 있는지도 모르겠다. 장자와 같은 사상가는 아니지만 내가 나비일지도 모른다는 꿈에 빠져 본다. 실제로 하루살이 사진을 찍을 때는 하루살이가 올 만한 웅덩이 근처에 앉아 한없이 기다렸다. 내 친구 하루살이야 와 줄 거지? 마음속으로 이렇게 말하며. 그리고 나만의 주문도 외웠다. 그러면 신기하게도 하루살이들이 바람을 타고 몰려왔다. 그래서 사진가들이 무속에도 관심을 많이 갖나 보다. 물론 기도가 안 통할 때도 있다.

그래도 그 시간 나는 철학자가 되고 종교인이 되고 무속인이 된다.

#전시를 통한 레벨 업 전략

오래 전 소나무 사진으로 유명한 배병우 선생님의 사진 강의를 들은 적이 있는데, 한 가지 팁을 알려 주셨다. 일 년에 한 번, 한 해 동안 찍은 사진을 모아 전시를 하라는 것이다. 갤러리를 빌려서 하는 거창한 전시가 아니어도 좋다. 자기 집의 거실이나 방에 전시해 놓아도 좋고, 살고 있는 아파트 현관에 전시해도 좋다. 직장생활을 하는 사람이라면 연말에 사무실 복도나 게시판에 붙여 놓아도 좋다.

작품을 전시해 놓고 좋은 사진에 별표 스티커를 붙여 달라고 하면 더욱 흥미롭다. 사진이 삶의 재미이고 생활의 활력이 되는 것이다. 잘 찍고 못 찍고는 중요하지 않다. 사진 하나하나에는 추억과 애정이 담겨 있다.

전시를 하면 분명 작품이 좋아진다는 것을 느낀다. 사진을 공부하는 사람이라면 연말에 그해 찍은 사진들은 한번 되돌아보자. 그중 가장 좋은 사진 20장 정도를 골라서 조금 큰 사이즈로 프린트를 해 보자. 처음에는 액자를 하지 않아도 좋다. 사진 그대로를 보드지에 붙여 전시하면 된다. 인물 사진 강의를 하는 B교수는 학생들이 해 온 과제를 반드시 벽에 붙여 놓고 보았다. 같은 사진인데도 책상 위에 펼쳐 놓았을 때와는 느낌이 다르다. 마치 전시를 하는 기분이 드는 것이다. 전시를 할 때는 전시 제목을 정하는 것이 좋다. 전시 작품으로 선택한 작품들을 보고 공통점을 찾으면 된다. 사진을 찍을 때 느낀 감정을 표현해도 좋고 촬영 대상의 특징에서 찾아도 좋다. 형식에 얽매이지 말고 자기만의 언어를 고르면 된다. 제목을 정했으면 골라낸 작품들을 다시 돌아보고 주제와 어울리지 않는 작품을 골라낸다. 전시는 개별 작품이 아니라 여러 개의 작품 군으로 스토리를 표현하는 것이므로 아무리 좋고 애착이 가는 작품이라도 주제와 동떨어지면 과감히 버려야 한다. 그렇다고 완전히 버리는 것이 아니다. 나중에 다른 주제의 전시를 할 때 유용하게 사용하면 된다.

전시를 염두에 두고 있다면, 촬영할 때마다 베스트 포토를 선정하는 습관을 들이는 것이 좋다. 해외여행을 다녀왔다면 베스트10 작품을 선정해 보자. 자녀들의 졸업식, 생일, 설날 사진을 찍었다면 베스트5 사진을 골라 보자. 회사 야유회, 체육대회, 집합교육 사진도 마찬가지다. 찍을 때마다 사진이 더 좋아지는 것을 느낄 수 있다. 나는 여행을 다녀오면 베스트10 사진을 골라 간단한 여행 소감과 함께 페이스북에 올린다. 인도 여행을 다녀와서는 '동물로 본 인도 기행', '인도에서 만난 사람들'이라는 주제로 각각 10편씩 사진을 올렸다. 여행지에서 만난 동물들을 통해, 또 마주친 사람들의 눈동자를 통해 인도의 느낌을 표현해 보려 했다. 나만의 여행 사진을 만들려는 작은 시도이다.

이렇게 좋은 사진을 고르는 과정을 통해 사진에 특징이 생기고 자신의 생각이 담긴다. 사진은 생활과 바로 연결될 수 있다. 가족사진이라면 가정을 화목하게 만들어 주는 역할을 할 것이다. 회사생활을 하는 사람이라면 조직이 부드럽게 돌아갈 수 있도록 윤활유 역할을 해 준다. 사진은 찍는 순간도 즐겁지만, 보는 순간 더 행복하다. 그것도 함께 볼 때더 의미 있다.

숨겨 두는 사진이 아닌, 보는 사진을 만들자.

〈살려낸 나비〉 2014
살아 있는 나비가 소금물에 빠졌다. 허우적댄다. 죽어가는 순간을 찍을 찬스다. 두세 커트 찍다 더 이상 셔터를 누를 수 없었다.

#촬영은 작곡, 프린트는 연주

스마트폰과 디지털 카메라가 보급되면서 전 국민 사진가 시대가 되었다. 여기저기 사진 찍는 사람들이 많이 보인다. 셀카봉은 초히트 상품이 되었고 SNS에는 매일매일 수많은 사진들이 올라온다. 그러나 사진 찍는 사람들은 많아지는데 사진을 보고 감동하는 사람들은 점점 적어지는 것 같다. 사진은 그저 찍을 때뿐이고, 올릴 때뿐이다. 습관적으로 '좋아요'를 누르고 인사치레로 소감을 이야기하지만 매일매일 반복되다 보니 어느덧 감정이 메말라 가는 것이다. 어린 시절 소풍 사진을 보고 추억에 젖거나, 자녀 사진을 지갑에 넣고 다니던 정겨움은 찾아볼 수 없게 되었다.

잃어버린 감동을 되찾을 수 있는 방법으로, 사진을 찍었으면 꼭 프린트해 볼 것을 권하고 싶다. 사진을 프린트하면 느낌이 달라진다. 모니터로 보는 것과는 전혀 다르다. 사진은 찍을 때 즐겁고, 모니터에서 볼 때 흐뭇하고, 프린트해서 볼 때 더욱 흥분된다. 그리고 나중에 사진첩을 넘기며 지난 기억을 되살리는 것은 아주 행복한 일이다. 사진을 프린트할 때는 가급적 큰 사이즈로 하는 것이 좋다. 사이즈가 커질수록 전혀 다른 느낌을 준다. 작품사진이 따로 있는 게 아니다. 크게 뽑은 것이 작품사진이다. 프린트한 사진도 사진첩에 끼워 놓는 것이 아니라 벽에 붙여 놓고 보면 더욱 좋다.

풍경 사진을 강의하는 K교수는 미국의 유명한 풍경 사진가인 안셀 아담스Ansel Adams의 '필름은 작곡이고 프린트는 연주'라는 말을 자주 인용한다. 디지털 카메라의 경우는 촬영이 작곡이다. 촬영만 하고 프린트를 안 하는 것은 작곡만 해 놓고 연주를 안 하는 것과 같다. 음악은 연주를 통해서만 느낄 수 있고 감동할 수 있다. 연주 없는 음악은 상상할 수 없다. 스마트폰이나 컴퓨터에 저장해 놓은 사진은 사진이 아니다. 단순한 데이터일 뿐이다. 창고에 쌓아 놓고 먹지 않아 썩어 가는 곡식일지도 모른다. 용량이 다 차면 지워 버려야 한다. 데이터가 사라지면 추억도 사라진다.

사진은 프린트해서 보는 순간 생명력을 가진다. 어느 정도 사진 경력이 되는 아마추어라면 사진을 크게 뽑아 보라고 권하고 싶다. 여러 장 프린트하는 것이 아니라 잘 찍었다고 생각되는 몇 장만 골라내면 된다. 작품이 따로 있는 것이 아니다. 자기가 잘 찍었다고 생각되는 사진을 크게 뽑아 걸어 놓으면 그것이 작품이다. 볼 때마다 새로운 느낌이 든다. 가끔 시골 음식점에 들렀을 때, 홀에 여행 사진을 크게 걸어 놓은 모습을 만나게 된다. 들어가는 즉시 그곳에 눈길이 머문다. 반갑다. 내가 다녀온 지역이면 더욱 반갑다. 집 주인과 동료애를 느낀다. 주인의 인품이 여유롭고 너그러울 것 같다는 느낌을 갖게 된다. 가족사진을 걸어 놓은 집도 있다. 무언가 스토리가 느껴진다. 아이들 사진이라도 있으면 더욱 따뜻하고 포근하다. 사진을 모아 놓으면 역사가 되고 스토리가 된다. 어떤 회사를 방문했는데, 복도에 직원들 사진이 붙어 있다면 상담을 안 해도 회사 분위기를 알 수 있다. 자녀 사진을 걸어 놓은 개인택시를 타면 저절로 안심이 된다. 프린트 된 사진은 이렇게 무언의 메시지를 던진다.

여행을 다녀오거나 돌 사진, 졸업 사진을 찍으면 반드시 한 권의 앨범을 만들라고 권하고 싶다. 소중한 여행의 추억이나 감동을 오래 간직하고 즐길 수 있는 방법이다. 일 년 동안 찍은 가족사진을 모아 탁상용 캘린더를 만들어도 좋다. 항상 흐뭇한 추억과 함께 할 수 있다. 디지털 프린트는 가격도 싸고 인터넷으로 주문할 수 있어 누구나 쉽게 앨범을 만들 수 있다.

보관하는 사진이 아닌, 보고 즐기는 사진을 만들자.

#사진을 찍다, 삶을 찍다

새벽바람은 사람을 들뜨게 한다. 안개마을을 테마로 사진 작업을 할 때는 항상 새벽에 출사를 나갔다. 안개 낀 새벽, 해가 막 떠오르기 시작하는 시간의 염전 풍경을 잡고 싶었기 때문이다. 염부들도 나오지 않는 시간이다. 당시엔 항상 새벽 3시에 집에서 출발했다. 안개가 자욱하게 낀 날이 나에겐 최고의 날이었다. 안개 낀 새벽 고속도로는 마치 나를 위해 뚫린 길 같았다. 100미터 앞도 보이지 않는 길을 헤드라이트 불빛에 의존하여 운전을 하노라면 마치 천상의 나라를 여행하는 기분이 들었다. 클래식 음악을 틀어 놓고 나만의 세계를 달렸다.

바다를 가로지른 시화 방조제를 지날 때는 일부러 차창을 열어 놓았다. 신선한 바닷바람을 즐기고 싶어서였다. 안산에서는 공단의 매캐한 화학약품 냄새가 났는데 방조제로 들어서자 이내 짭조름한 바다 냄새로 바뀐다. 대부도 출사 길은 아주 짧은 시간에 도시와 공단, 바다와 시골을 모두 경험하게 해준다. 대부도에 들어가면 일단 24시간 영업하는 해장국 집에 들러 매생이탕을 한 그릇 하고 염전에 도착하면 해 뜨기 한 시간 전쯤 된다. 이때부터 빛과 그림자, 안개 속에 보이는 것과 보이지 않는 것을 잡으려는 작업이 시작된다. 그런데 신기하게도 사진만 찍으려고 하면 그 풍성하던 안개가 사라졌다. 멀리서는 짙은 안개였는데 가까이 다가가면 없다. 서울에서 갈 때는 앞이 안 보일 정도였는데 막상 염전에 와 보면 보이지 않았다. 안개 속에서는 모든 것이 아름답다. 무너진 폐가나 버려진 쓰레기조차도. 그런데 안개가 걷히면 더러운 모습이 그대로 드러난다. 세상 일이 모두 안개 같다는 생각이 들었다.

생명을 주제로 염전과 소금을 촬영하기로 한 후로는 주로 오후 세 시경에 작업을 나갔다. 해가 질 때까지 사진을 찍었다. 실제 찍는 시간보다 걷고 들여다보고 생각하는 시간이 더 많았다. 사진은 빛으로 그리는 그림이므로 빛과 씨름하면서 빛이 만들어준 그림을 찾아내야 한다. 주로 해가 반짝이는 맑은 날, 그림자가 길게 늘어진 저녁일수록 사진은 좋았다. 처음에는 찍을 것이 많았는데 시간이 갈수록 작업이 어려워졌다. 어떤 날은 한 장도 건지지 못했다. 평범한 소재는 이미 써 먹었거나 사진을 보는 눈이 높아졌기 때문인지도 모른다. 사진은 결과물도 중요하지만 찍는 과정이 소중하다고 스스로를 위로했다.

3년째 염전을 드나들며 사진을 찍다 보니 염부들과도 친해졌다. 다른 사람들이 사진 촬영을 하러 염전 안으로 들어오면 싫은 내색을 하는데 나는 한 식구처럼 대해 주었다. 휴일 오후 염전 안에서 작업을 하고 있을 때, 아마추어 사진가들이 나를 따라 들어와 난처한 적이 한두 번이 아니었다. 나는 염부들이 작업하는 모습을 찍지 않는다. 그들은 자신의 모습이 찍히는 것을 싫어 한다. 특히 신안의 염전 노예 보도가 나간 후로는 더욱 민감했다. 아마추어 사진가들이 주로 찍는 쌓아 놓은 소금 더미나 염부들이 고무래로 소금을 끌어 모으는 작업은 처음부터 나의 관심사가 아니었다. 소금을 거둬들이기 전 마지막 단계, 그러니까 소금이 영글고 익어 가는 모습을 주로 촬영했다. 거기에 생명을 담는 것이 나의 목표였다. 혼자서 영글어 가는 소금과 이야기하며 생명의 의미, 삶의 의미를 되새겨 보는 것이다. 사진을 찍으면서 내가 조금 더 성숙해지는 것을 느꼈다.

사진은 나만의 세계를 여행하는 것이다.

#아그라 궁전의 새

사진에 사람이 들어가면 힘이 느껴진다. 아무리 아름다운 풍경이라도 풍경만 있으면 이내 싫증이 난다. 그러나 조그만 점 하나만한 크기라도 사람이 들어가 있으면 새로운 느낌이 난다. 그는 누구일까, 왜 거기 있을까, 무슨 생각을 하고 있을까, 궁금증이 생기고 상상력이 날개를 단다. 저절로 스토리가 만들어지는 것이다. 볼 때마다 느낌이 다르다. 사진속의 사람은 살아 움직이고 있다.

사람이 없으면 새나 개, 고양이 같은 동물이라도 들어가야 한다. 호주로 사진여행을 갔을 때 어떤 방법으로 차별화 할까 고민하다, 새가 들어간 사진만 골라 5장을 제출한 적이 있다. 사진의 품질은 썩 좋지 않았지만 일관된 특성을 갖고 있어 호평을 받았다. 졸지에나는 새 전문 사진가가 되어 버렸다. 제멋대로 움직이는 새를 사진적인 구도로 의미 있게 찍으려면 인내심이 필요하다. 먼저 구도를 맞춰 놓고 새가 오기를 기다려야 한다. 순간 포착을 잘해야 한다. 그 순간을 놓치면 기다림도 허사가 된다.

인도의 세계적 건축물 타지마할을 만든 왕은 말년에 아들에게 배반 당해 지하 감방에 유폐되어 죽음을 맞이하는데, 그 성이 아그라 궁이다. 지하 감방의 창문 너머로 그가 사랑하던 부인을 추모하여 지은 타지마할 궁전이 보인다. 그날따라 안개가 자욱하여 100미터 앞도 보이지 않았다. 성의 역사도 우울한데 날씨마저 음산하다 보니 왕의 영혼이 아직도 울분을 삭이고 있는 것 같은 느낌이 들었다. 마침 아그라 궁 접견실의 처마 밑으로 새 한 마리가 날아들었다. 바로 앞의 정원이나 넓은 하늘을 놓아두고 왜 궁전의 처마 밑을 왔다 갔다 하는지 모르겠다. 왕의 넋이 새가 되어 아직도 아그라 궁을 떠나지 못하고 있는 것일까?

왕이 신하들을 접견하던 장소에서 밖을 보니 역광으로 까만 윤곽만 보이는 연꽃무늬 처마가 너무 아름다웠다. 멀리 안개에 한 꺼풀 가려진 무성한 나무도 보이고, 밑으로 깔린 성벽의 담장은 먼 바다처럼 느껴졌다. 우선 사진 한 장을 찍었다. 아름다운 풍경이었으나 뭔가 허전했다. 연꽃무늬만으로는 너무 심심했다. 나는 나무 옆으로 새 한 마리만 날아와 주었으면 좋겠다고 생각했다. 다른 건물 관광하는 것도 포기하고 새를 기다렸다. 구도를 맞추고 반 셔터로 초점을 맞췄다. 다리를 좌우 균형 있게 고정시킨 다음 장시간 대기모드로 들어갔다.

자주 보이던 새도 기다리고 있으면 오지 않는다. 그래도 참아야 한다. 한 20분 정도 기다렸을 때 새가 날아 왔다. 아그라 궁의 처마 밑을 맴돌던 바로 그 새였다. 반사적으로 셔터를 눌렀다. 그런데 새가 한쪽으로 치우쳤다. 실패다! 새는 한 번 온 곳에 다시 오는 경향이 있다. 바로 대기해야 한다. 잠시 기다리다 반사적으로 셔터를 눌렀다. 이번에는 날개 모양이 좋지 않았다. 다시 기다렸다. 이번에는 새가 스치는 순간 셔터를 눌렀다. 제법 그럴싸한 사진이 나왔다. 새까만 연꽃무늬가 배경을 감싸 안은 가운데 하늘이 살짝 보인다. 안개가 자욱하여 신비로운 분위기를 자아내는 하늘이다. 푸른 나무도 안개 속에 감춰져 뿌옇게 모습을 드러내고 있다. 그 가운데 까만 점을 찍은 듯 새 한 마리가 날아가고 있다. 안개 낀 아그라 궁의 새다. 혼자 사진에 취해 있는데 가이드가 쫓아왔다.

사진은 기다림이다.

〈아그라 궁의 새〉 2013
인도의 아그라 궁은 아들에게
배신 당한 왕이 갇혀 지내던 곳이다.
왕의 영혼이 새가 되어 아직도
궁 안을 맴돌고 있는 것 같다.

오르차 마을 에피소드

여행의 별미는 사람 구경이다. 사람을 보면 그 사람의 사는 모습이 보인다. 직업도 보이고 친구도 보이고 성격도 보이고 환경도 보인다. 외국에서 찍은 인물 사진은 외국인이라는 것만으로도 흥미롭다. 그러나 인물 사진은 쉽지 않다. 잘못하면 상대방이 불쾌해 한다.

인물 사진 촬영은 한국과 일본이 가장 어렵다. 잘 아는 사이가 아니면 완강히 거절한다. 아직도 산업화가 되지 않은 순박한 나라에 가면 사진 찍기가 쉽다. 유럽이나 호주 같은 나라에서는 미리 부탁하면 의외로 쉽게 허락해 준다. 사진 찍히는 것을 즐기는 것 같다. 사진을 배우던 초기에는 도둑 사진을 많이 찍었다. 몰래 카메라를 들이대거나 상대방이 인상을 쓰든 말든 그냥 찍었다. 대부분 기분 나쁜 표정을 짓거나 얼굴을 돌리거나 다른 곳으로 옮겨 갔다. 때로는 화를 내어 미안하다고 사과한 적도 있다. 몇 번 여행을 다니면서 요령이 생겼다. 주머니에 사탕과 볼펜 같은 기념품을 가득 넣고 다니는 것이다. 중국, 인도 같은 동남아시아에서 촬영하고 싶은 인물을 만나면 우선 그 주위를 왔다갔다하며 눈인사를 나눈다. 장사를 하는 분이라면 물건을 사 주면 된다. 눈인사를 받아주면 사탕이나 과자를 건네면서 먼저 이야기를 걸고 사진 촬영을 부탁한다. 대부분 승낙한다. 때로는 돈을 요구하는 경우도 있다. 그러면 더 쉽다. 요구하는 금액이 적어서 부담도 안 되고 서로 떳떳하다. 간단히 몇 커트 찍고 사진을 보여 주면 좋아한다. 그 다음은 더욱 부담 없이 찍을 수 있다. 이메일이 있는 경우는 사진을 보내 주겠다고 약속한다.

인도 여행 중 오르차라는 작은 도시에 들렀다. 16세기 지방의 왕조가 있던 도시의 성곽과 궁전이 남아 있는 관광지였다. 성을 구경하는데 한 떼의 가족들이 모여 시끌벅적 이야기를 나누고 있다. 20명은 되어 보이는 대가족이다. 아이들이 너무 귀여웠다. 주위를 왔다갔다하며 우선 아주머니 비슷한 분들과 눈인사를 했다. 인사를 받아 주었다. 아이들과도 눈인사를 하려 했지만 마주치면 피해 버린다. 그러면서도 큰 카메라를 들고 있는 할아버지가 신기한 듯 흘끔흘끔 곁눈으로 쳐다보았다. 잠시 시간이 지난 다음 아이들의 엄마인 듯한 여인에게 다가가 사진을 찍어도 되겠냐고 했다. 머뭇머뭇 대답을 못 했다. 대답도 듣기 전에 카메라를 들이댔다. 어른들과 초등학생 정도 되는 아이들은 카메라 앞에 서는데, 중학생 정도 되는 여학생 둘은 뒤로 돌아섰다. 그래도 찍었다. 카메라를 들고 가 사진을 보여 주니 모두 좋아했다. 등을 돌렸던 여학생도 호기심 어린 눈으로 쳐다보았다. 이제 정식으로 다시 찍자고 했다. 모두들 자리를 잡고 포즈를 취해 주었다. 멋진 가족사진이 되었다. 성곽을 배경으로 초등학생부터 할머니까지 10여 명이 다양한 표정을 짓고 있다. 형형색색 옷도 다르고 신발도 다른데 그것이 묘하게 배경의 성곽 컬러와 조화를 이루었다. 나중에는 학생들만 모아 다시 사진을 찍었다. 모두 즐겁게 응해 주었다. 나중에 아빠인 듯한 분이 차를 몰고 왔다. 사진을 보내 줄 테니 이메일 주소를 알려 달라고 하자 선뜻 적어 주었다. 초등학생 정도 되는 아이들이 가면서 계속 손을 흔든다. 서울 같았으면 크게 뽑아 액자를 해 주고 싶은 가족들이었다.

인물 사진을 찍으려면 먼저 사람을 사귀어야 한다.

#작품은 끈기와의 싸움

수채화 화실에서 한 수강생이 농담 비슷한 불평을 했다. "수채화 공부를 10년 이상 했는데, 아직도 방향이 잡히지 않아요. 길 좀 가르쳐 주세요." 그러자 선생님 왈 "10년 동안 몇 시간 그림을 그리셨죠? 입시생들은 하루에 10시간씩 일주일 내내 그려요. 일 년이면 몇 시간 되겠어요?" 수강생은 말을 잃었다. 일주일에 한 번 나와 이야기 섞어 가며 4~5시간 그리면서 10년 공부했다고 하니 거짓말 못 하는 선생님이 직설적으로 한 방 날린 것이다.

사진과 수채화를 공부하면서 공통적으로 느끼는 것은 역시 실력은 노력한 시간에 비례한다는 것이다. 사진은 조금 덜하지만, 내가 그린 그림을 보면 친구들이 모두 뒤늦게 재능을 발견했다고 한다. 자기들은 소질이 없어서 배워도 안 될 거라고 한다. 하지만 전혀 아니다. 누구나 사진가가 될 수 있고 수채화 화가가 될 수 있다. 국내에서 어느 정도 이름 있는 공모전에 입선할 수 있을 정도의 실력은 누구나 노력하면 된다. 물론 특선이나 우수상, 대상 등 상위 입선을 하려면 약간의 재능이 필요하다. 그것도 그림을 잘 그리는 재능보다는 창의력이나 남다른 경험, 과감한 모험 등 기능 외적인 재능이 훨씬 중요하다. 그림 이외의 분야에서 다양한 경험을 한 분이라면 이미 다른 사람보다 유능한 재능을 갖고 있는 셈이다.

실제로 나도 수채화를 시작한 지 8년이 넘었다. 비슷한 시기에 시작한 다른 분들은 유명 공모전에서 여러 번 입선하고 특선도 했다. 그러나 나는 아직 공모전에 출품도 하지 않고 있다. 노력을 덜했기 때문이다. 처음 그림을 그리는 분들은 대부분 꽃을 그린다. 특히 여성들은 더 그렇다. 나는 조금 다른 주제를 선택했다. 집도 그리고 외국에서 찍은 풍경도 그리다가 지금은 인물화에 집중하고 있다. 그림 그리는 기능은 부족하지만 크리에이티브는 떨어지지 않는다고 생각했다. 그런데 평범한 꽃만 그리던 분들이 어느 날부터인가 달라지기 시작했다. 꽃 그림에도 깊이가 생기고, 다양한 창작 방법이 동원되었다. 결국은 노력이다. 열심히 노력하면 달라진다. 창의력도 결국은 노력에서 생기는 것이다.

　사진도 마찬가지다. 열심히 많이 찍으면 실력이 저절로 늘어난다. 이름 있는 작가들의 전시회에 가서 놀라는 것은 그들의 재능이 아니다. 그들의 노력과 규모, 과감한 투자에 놀라는 것이다. 나는 염전 사진을 3년째 찍고 있다. 염전에서 생명의 의미를 찾고 나의 모습을 찾고 있는 중이다. 사실은 염전도 한 곳만 계속 찍고 있다. 3년 동안 96번 출사를 나갔다. 96일 동안 한 곳만 찍었으니 적은 노력은 아니다. 3년 전 찍은 사진과 지금 사진을 비교해 보면 나의 변한 모습을 알 수 있다. 이제 사진이 비로소 보이기 시작한다. 순수사진 전공자로서 작품이라 할 만한 사진을 찍기 시작한 지는 불과 얼마 안 되었다. 정확히 65번 이상 출사를 나갔을 때부터 사진이 달라졌다. 염전 출사를 다니면서 카메라의 기능을 터득하게 되고 빛이 주는 느낌을 볼 줄 알게 되었다. 사물을 보는 눈에 깊이가 생기고, 사물이 주는 의미를 생각하게 된 것이다. 예술가, 철학자, 사상가 흉내도 내기 시작했다. 염전은 나의 작업장이고 교육장이고 실험실이었다. 사진에 대한 교육장이지만 인생에 대한 교육장이기도 했다. 학교에서 배운 시간보다도 염전에서 공부한 시간이 더 많고 학교에서 배운 것보다 염전에서 배운 것이 더 많았다. '양의 증가는 질의 증가를 가져 온다.'는 말처럼 많은 시간을 투자하면 결국은 무엇인가 가치 있는 것이 나온다.

　작품이란 끈기와의 싸움이다.

#나의 만트라, 마이너화이트

사진작업을 나가면 주문을 왼다. 기독교 신자가 주기도문을 외고, 불교 신자가 나무아미타불을 외듯 나는 특별한 주문을 왼다. 염전 두렁을 거닐며 "마이너화이트, 마이너화이트……" 하고 중얼거리는 것이다. 염전에서 일하는 분들에겐 조금 이상한 사람으로 찍힌지 오래다. 남들이 찍는 소금 더미나 소금 꽃은 찍지 않고 염전 바닥에 머리를 처박고 중얼중얼하고 다니니 이상하게 보이는 게 당연하다. 가끔 주문이 통할 때도 있다. 사진 찍을 것도 없고 몸도 마음도 피곤하여 돌아가고 싶은데 주문을 외며 다시 한 바퀴 돌자 소금물 위에서 갑자기 나비가 나타난 적도 있다.

마이너화이트Minor White는 내가 아주 좋아하는 미국의 사진가다. 사진에 '이퀴벌런트equivalents'란 개념을 도입했다. '동등한 가치'란 뜻인데, 사진을 찍은 작가의 생각이나 그 작품을 보고 느끼는 관람객의 생각이나 가치가 동등하다는 것이다. 관람객의 생각은 각자 자라온 환경, 지식, 관심사에 따라 다르다. 같은 작품을 보고도 사람마다 느낌이 다르고 해석이 각양각색이다. 좋은 작품일수록 반응은 다양하다. 결국 작품은 관람객이 완성시키는 것이다. 작가는 관람객에게 생각할 수 있는 소재를 던져 줄 뿐이다. 더 나아가서 마이너화이트는 세상 만물에 영혼이 있다고 믿는 애니미스트였다. 사진의 피사체가 되는 동식물은 물론 바위, 나무, 산, 물, 거울, 성에 등에도 영혼이 있다고 믿었다. 사진을 찍는 행위는 이들과 교감하는 것이라 생각했다. 그는 사진 촬영을 하기 전에 항상 깊은 명상에 빠져 이들과 교감한 후 작업에 들어갔다. 구본창 선생님도 사진을 찍을 때는 피사체와 교감한다고 말한다. 백자를 찍을 때는 박물관 담당자 몰래 백자 항아리를 껴안고 기도했다고 한다.

특별한 종교를 갖고 있지는 않지만 사진을 찍을 때만은 나도 애니미스트가 된다. 작업장 염전에 들어서면 일단 분위기가 달라진다. 우선 시원한 바람과 바닥에 자글자글 익어가는 소금물들이 반겨 준다. 소금은 물론 염전 물에 떠 있는 나비, 나방, 하루살이, 거미들과 인사를 나눈다. 반쯤 영근 소금 알들 사이에 떠서 바람에 따라 이리 밀리고 저리 밀리는 나비나 하루살이들이 내가 보내는 신호에 따라 포즈를 취해 준다. 때로는 둘이 서로 마주보기도 하고 멀리 보이는 작은 섬을 향해 헤엄치는 모습을 연출하기도 한다. 여기에 바람이 파도를 만들어 주고 태양이 명암을 만들어 준다. 자연이 도와주지 않는다면 좋은 작품을 만들 수 없다. 그래서 나는 계속 주문을 외고 기도를 한다.

가끔 아내나 사진 공부를 하는 친구들이 작업에 방해가 안 되도록 할 테니 염전에 데려가 달라고 부탁하지만, 이런저런 핑계를 대며 거절했다. 사진 촬영은 항상 혼자서 간다. 나의 염전 작업은 단순히 사진을 찍는 것이 아니라 나만의 신성한 의식을 치르는 것이기 때문이다. 두세 시간 헤매고도 한 장도 못 건질 때가 있지만, 그것 또한 나의 친구와 신이 나에게 또 다른 계시를 주는 것이라 생각한다. 사진 찍는 시간은 나에게 사색의 시간이고 자연과 교감하는 시간이고 기도의 시간이다. 옛날 어머니들이 새벽에 정화수 떠놓고 기도하고 당재 굵은 느티나무에 울긋불긋 색동 헝겊을 걸어 놓고 절하고 돌탑을 쌓았는지 이해가 될 듯하다.

영성이 깃들어야 좋은 사진이다.

나와서 날아라, 공기 번데기에서

동급생 K의 작품 주제는 공기 번데기다. 무라카미 하루키의 인기 소설 1Q84에 나오는 공기 번데기를 작품으로 만들고 있다. 대학에서 서양화를 전공한 K는 고등학교 다니는 딸이 있는데도 항상 소녀 같았다. 언젠가 술자리에서 여학생들의 타입을 돌아가며 이야기한 적이 있는데. 그녀는 청순가련형이라 불리었다. 그런데 이미지와는 달리 작품이나 행동은 매우 도전적이고 용감했다. 카메라 노출도 제대로 못 맞추고 조작도 서툰데 검 프린트를 배우러 암실을 쫓아다녔고 사진을 전공하러 대학원에도 들어왔다. 대학원에 들어오기 전에 이미 검 프린트한 사진으로 개인전도 했다.

그녀의 작업은 매우 독특했다. 한눈에 그녀의 작품이라는 것을 알 수 있다. 종이에 작은 누드 여인을 그리고 그것을 오려서 각종 조형물 위에 놓고 촬영하는 것이다. 종이 여인은 그녀를 닮았다. 공기 번데기 같이 웅크려 있으면서도 곧 튀어오를 것 같은 느낌이었다. 고민하는 내면의 모습을 보여주면서 잡힐 듯 말 듯한 실마리를 찾아가는 기분이 들었다. 처음에는 계란 상자 위에 놓고 찍었다. 계란 상자가 너무 크다고 생각해. 다음에는 메추리알 상자 위에 놓고 찍었다. 그녀는 집에 메추리알이 너무 많아 주체를 못하겠다고 했다. 상자를 구하기 위해 계속 메추리알을 산 것이다. 그래도 작품은 단조로웠다.

다음에는 하얀 노끈으로 실타래 같은 뭉치를 만들어 종이 인형을 그 속에 넣고 촬영했다. 마치 무언가에 얽혀 있고, 그 얽힘에서 빠져 나오려는 모습 같았다. 노끈 타래는 공기 번데기 같고 종이 인형은 작가 자신의 모습 같았다. 어려운 작업이라 한 학기 내내 고민했다. 그런데 학기가 거의 끝날 무렵 깜짝 놀랄 일이 생겼다. 인형이 투명 플라스틱 큐브 속으로 들어가더니 물 위에서도 놀고 하늘로 둥둥 떠다니기도 하고 성벽 화살 구멍 속에서 진짜 공기 번데기처럼 하늘을 날기도 했다. 무언가 꿈을 실어 나르는 것 같았다. 어느 날은 동양화 같은 풍경 사진 위에 인형을 갖다 놓았다. 어린 시절 인형 놀이 같았다. 천사 인형이나 요정들의 이야기 같기도 했다. 동양화와 조각, 사진이 복합된 느낌이 들었다.

　학기 수업 마지막 시간에는 그동안 작업한 사진을 모두 모아 포트폴리오를 만들어야 한다. 한 학기를 평가하는 기말 시험과 같다. 그런데 그녀는 아예 작품을 갖고 오지 않았다. 처음부터 작품을 새로 시작해야 될 것 같다고 했다. 북경과 인사동에서 했던 그룹 전시회에서는 노끈 타래와 인형이 얽힌 작품을 전시했다. 넓은 흰 바탕 위에 노끈으로 얼기설기 만든 둥근 공이 있고, 그 안에 종이 인형이 들어 있는 사진이었다. 다른 작품들과는 확실히 차별화 되었다. 회화 같기도 하고 드로잉 같기도 하고 만화 같기도 한 사진은, 한 번 지나쳤다 다시 돌아와서 찬찬이 뜯어보게 하는 매력이 있었다. 여백이 많고 무언가 생각을 불러일으키는 작품이었다. 보는 사람 자신의 내면 한 귀퉁이를 비춰주고 있는 것 같았다. 전시회 때마다 관람객들의 시선을 끌었다. 북경 전시회 때는 비록 성사되지는 않았지만 구매 의향을 비친 관람객도 있었다. 그녀에게 '요즘 무슨 작업을 하고 있느냐'고 물어보면 '그냥 놀고 있다'고 대답한다. 그렇지만 멀지 않아 훌륭한 작품이 탄생할 것이라 생각한다. 알에서 애벌레가 나오고, 애벌레가 번데기가 되고, 번데기에서 나비가 훨훨 날아오르듯, 공기 번데기도 곧 나비가 될 것이다.

　번데기는 고민을 먹고 나비가 된다.

강엄 〈공기 요정〉 2015
어서 고치를 깨고 나와 날아라.
숲의 요정, 풀의 요정이 되어
내 꿈을 살려주렴.

07

전시까지도
작품이다

#사진가의 등용문, 청구전

대학원에서 사진을 전공하고 석사학위를 받는 것은 쉽지 않다. 어느 선배는 사진에서 석사는 다른 분야의 박사 학위나 같다고까지 했다. 사진을 전공하다 보니 그 말이 실감났다. 특히 순수사진을 전공하여 석사학위를 받기는 매우 어렵다. 정식으로 수업을 마치고 졸업 학점을 모두 땄는데도 석사학위를 받지 못하는 학생들이 많다. 최소 수료 학기에 졸업하는 학생들은 거의 없다. 학부에서 사진을 전공한 학생은 4학기, 사진을 전공하지 않은 학생은 5학기 수업을 듣고 24학점 이상을 취득하면 졸업 자격이 주어지는데 내가 학교 다니는 동안 그 최소 학기에 석사학위를 취득한 학생은 한 명도 없었다.

졸업하는 데 가장 큰 관문이 석사학위 청구전이다. 사진 대학원에서는 이상한 일들이 많다. 휴학을 반복하며 10년 가까이 대학원을 다니는 학생도 있고, 졸업 후 5년 가까이 사진을 들고 다니며 청구전을 준비하는 학생도 있다. 사진으로 석사학위를 받았다는 이야기는 전문 예술가의 자격을 얻는 것이므로 그만한 자격이 되는지를 엄격하게 평가한다. 작품이 어느 정도 수준이 되지 않으면 좀처럼 청구전 승인이 나지 않는다. 열심히 준비해 가도 '조금만 더, 조금만 더'라며 보완을 요구한다. 그래서 사진과 교수들은 악명(?)이 높다.

학점을 모두 땄더라도 졸업을 하려면 5개 시험을 통과해야 한다. 영어시험, 종합시험, 청구전, 졸업논문, 연구윤리 시험이다. 학교에 따라서는 청구전만 있고 논문은 없는 경우도 있으나 우리 학교, 특히 순수사진 전공에서는 전통적으로 논문도 중시한다. 청구전은 개인 전시를 말하는데 일종의 신고식이다. 형식상으로는 학생이 개인전을 하고 교수가 졸업 수준이 되는지를 평가하는 것이지만, 실제로 청구전은 학생이 하고 싶다고 자기 마음대로 할 수 있는 것이 아니다. 지도교수의 승인이 떨어져야 비로소 가능하다. 그런데 이 관문을 좀처럼 통과하기 어렵다. 몇 개월마다 새로운 사진을 갖고 가지만 한두 점 선택 받기도 어렵다. 물론 졸업 후에도 계속 교수님의 지도를 받을 수 있다는 장점은 있다. 이 과정을 견뎌내지 못하고 포기하는 학생들도 많다.

청구전 승인을 받으면 대학교 합격 통지를 받은 것보다 더 기뻐들 한다. 동기들에게 자랑하고 한 턱 쏘기도 한다. 청구전 날은 축제날이다. 청구전 오프닝 날은 개인적인 친지들은 빼고 학교 동기, 선후배와 교수님들만 초대한다. 재학생은 물론 졸업생, 교수님들까지 모두 모여 축하해 주고 동문들이 모여 교류하는 시간이기도 하다. 어떤 날은 축하 파티로 날밤을 새기도 한다.

청구전이 끝나도 다가 아니다. 논문이 통과되어야 졸업할 수 있다. 예술을 전공한 학생들은 글 쓰는 데 약하고, 글을 잘 쓰는 학생들은 작품에 약하다. 청구전을 한 학생들은 자기 작품과 연관된 작품 논문을 쓰게 된다. 이 기간에 모처럼 공부를 새로 시작하는 것이다. 작품의 의미를 예술적 관점에서 다시 해석하고, 관련된 작가들의 연구도 한다. 작품의 주제에 따라서는 역사나 심리, 사회학적 배경을 탐색하기도 한다. 도서관을 드나들고, 컴퓨터를 끼고 다니며 해외 논문을 검색하고, 그동안 지도 받았던 교수님들을 귀찮게 한다. 졸업을 했지만 후배들의 수업을 청강하는 즐거움도 있다. 논문 수준이 아주 높은 것은 아니지만 자기 작품을 논리적으로 정리하고 의미를 부여한다는 것이 쉬운 작업은 아니다.

이런 과정을 통해 한 명의 작가가 탄생한다.

#전시는 디테일의 예술

작품이 준비 되었다고 전시가 되는 것도 아니다. 전시를 준비하는 것은 의외로 복잡하다. 전시 자체가 또 하나의 작품이다. 우선 전시할 작품이 정해지고 주제가 결정되면 전시 일자를 정하고 전시장을 확보해야 한다. 유명 갤러리의 초대를 받을 수 있으면 좋겠지만, 그렇지 않으면 스스로 비용을 부담해야 한다. 전시 날자는 휴가철, 혹서기, 혹한기는 피하고 휴일이 많이 겹치지 않게 정하는 것이 좋다. 전시 장소도 중요하다. 어떻게 전시하느냐 못지않게 어디서 전시하느냐가 작품의 수준을 가늠하는 지표가 되기도 한다. 아무에게나 허용되는 대관 갤러리보다는 비용을 부담하더라도 초대전을 많이 하는 전문 갤러리를 선택하는 것이 좋다. 하지만 그것은 작품이 어느 정도 수준이 된다고 인정받아야 가능하다. 전시 기간은 초보자의 경우 보통 일주일이다. 일주일 이상 하는 경우, 아마추어라도 비중 있는 전시라 이해하면 된다. 작가가 그 만큼 자신감을 갖고 있거나 더 많이 보여주고 싶다는 의욕을 갖고 있는 것이다.

　전시장이 정해지면 구체적인 세부계획을 짜고 전시 작품의 최종 선정에 들어간다. 전시장에 따라 작품이 달라지기도 한다. 특히 작품의 크기와 수를 결정하는 데 전시장은 결정적 역할을 한다. 반대로 전시하고 싶은 작품의 크기와 수가 전시장을 선택하는 주요 고려사항이 되기도 한다. 전시 세부계획은 작품의 배치, 크기, 동선, 스토리 전개, 텍스트 등이 작품의 콘셉트와 주제의식을 살리도록 전략을 짜는 것이다. 최근에는 작업 과정을 담은 동영상이나 작품을 보완하는 비디오를 함께 전시하는 경우도 많다. 이러한 모든 요소들이 오케스트라의 연주처럼 오묘한 조화를 이루어야 한다. 이 세부계획에 따라 작품을 최

174
175

종 확정하게 된다. 타이틀 작품도 정하고 작품을 특성에 따라 그루핑하여 그룹마다 리딩 작품을 정한다. 작가는 머릿속으로 관람객이 전시장에 첫 발을 디디는 순간 '어떤 작품을 먼저 보이게 하고 어떤 느낌을 유도할 것인가, 그 다음 시선과 동선은 어디로 이끌 것인가, 어떤 메시지를 전달할 것인가'를 상상하고 수없이 시뮬레이션해 본다. 마치 백화점에서 고객의 동선을 연구하여 상품별 디스플레이를 결정하듯 작품 배치에 고심한다.

사진의 크기를 결정하는 것도 중요하다. 무조건 크게만 한다고 좋은 것이 아니다. 때로는 작은 사진이 강한 메시지를 전달하기도 한다. 큰 사진과 작은 사진이 조화를 이루며, 밀물 썰물 파도가 치듯 '강약'과 '급완'의 흐름이 있는 것이 좋다. 작품과 작품 사이의 여백도 중요하다. 여백은 관람객에게 허락된 생각과 상상의 공간이다. 내 경우에도 내가 계획한 작품은 24개였으나, 지도교수가 6장을 빼내어 최종 18점으로 결정되었다. 작품을 걸어 놓고 보니 뺀 이유가 이해되었다.

작품 크기를 결정한 후엔 프린트에 들어간다. 프린트는 용지 선택이 중요하고 반드시 인쇄 교정을 보아야 한다. 사전에 시 사출을 해보고 조금이라도 찜찜하면 체면 불구하고 수정해야 한다. 프린트 다음 액자도 중요하다. 액자의 종류도 다양하고 가격 차이도 많으므로 작품과 어울리는 액자 컬러, 재질을 제대로 선택해야 한다. 아울러 전시 도록, 포스터, 라벨을 비롯한 전시 텍스트, 홍보 및 오프닝 행사까지 모두 준비해야 한다. 작은 활동 하나하나가 작품의 일부라는 것을 잊지 말아야 한다.

작품은 전시를 통해 무대에 오른다. 그리고 관객은 작은 것에 민감하다.

#전시는 순간이고 도록은 영원하다

전시를 기획하면서 전시장에는 신경을 많이 쓰지만 전시 작품을 소개하고 배경을 설명하는 전시용 도록엔 소홀한 경우가 많다. 당장 눈에 보이고 관심을 끄는 것은 전시된 작품이고 전시장 분위기이기 때문이다. 그러나 사실 전시보다 더 중요한 것이 전시 도록이다. 전시는 시간이 제한되어 있기 때문에 그 기간을 놓치면 볼 수 없다. 또 전시장에 왔다 하더라도 여러 가지 개인 사정 때문에 작품 하나하나를 깊이 생각해 가며 보기는 어렵다. 대부분의 관람객들은 그냥 훑어볼 뿐이다. 작품이 좋아서 한 번 더 보고 싶다는 생각이 들 때도 있지만 실제로 그렇게 하는 경우는 매우 드물다. 그렇지만 도록은 영원히 남는다. 전시를 본 후, 찬찬이 도록을 들여다보고 평론가의 전시 서문을 읽고 작가 노트를 읽으면서 작품에 흥미를 느끼고 이해하게 되는 경우가 의외로 많다. 이런 경우 인터넷으로 작가의 다른 작품을 찾아보기도 한다. 도록은 작품의 해설판이며, 전시를 보러 오지 못한 고객들에게도 작품을 소개할 수 있는 유용한 수단이다. 대부분의 사람들은 작가의 경력과 도록을 보고 작가를 평가한다.

도록은 갤러리에서 하는 전시와 다른 또 하나의 전시다. 전시와 도록은 보는 방식이 다르다. 그래서 보는 느낌도 다르다. 전시는 공간 전체를 보지만 도록은 페이지 순서대로 본다. 전시에서는 공간 전체가 주는 느낌이 중요하다. 감성적이 된다. 좋은 전시라면 전시장에 들어서는 순간 무언가 아우라가 느껴져야 한다. 그러나 도록은 한 페이지 한 페이지를 넘겨가며 봄으로써 이성적이 된다. 호기심을 끌어 다음 페이지를 넘기게 하는 전략이 필요하다. 전시는 멀리서 보고, 도록은 가까이서 본다. 전시가 보고 느끼는 것이라면, 도록은 읽고 생각하는 것이다. 특별히 의도된 전시가 아니라면 전시에서는 텍스트가 방해가 된다. 그러나 도록에서는 텍스트도 중요하다. 전시는 공간 제한이 있으므로 주어진 공간에서 소화해야 하고 공간의 특성을 살려야 한다. 그러나 도록은 자유롭다. 늘리거나 줄이거나 마음대로 할 수 있다. 전시는 기회의 제한을 받는다. 저명한 작가가 아니면 전시 기회가 많지 않아 자비 전시가 아니라면 좋은 작품이 있어도 보여 주기 어렵다. 반면 도록은 소유의 제한을 받는다. 좋은 도록은 오랫동안 소장하고 지속적으로 열람하지만 가치 없는 도록은 쓰레기통으로 직행한다. 드물지만 도록을 보고 작품 주문을 하거나 전시 초청을 하는 경우도 있다. 도록은 기록이다. 전시 결과는 오직 도록으로만 남는다.

　도록의 기획과 디자인은 전시와 방향을 같이 하면서도 인쇄매체라는 특성을 잘 고려해야 한다. 표지부터 흥미를 유발하고 작품 하나하나를 넘겨가며 호기심을 이끌어내야 한다. 무엇보다 도록을 아끼지 말라고 권하고 싶다. 요즘은 전시와 관련 없는 사람들이 무분별하게 도록을 가져가는 것을 막기 위해 낱장 도록에도 2천 원, 3천 원 정도의 가격을 붙여 놓는다. 조금 두툼한 도록이면 5천 원, 만 원에 판매하는 경우도 있다. 작품이 유통되고 있는 유명 작가가 아니라면 이는 지양해야 한다. 전시회는 많은 비용이 들어간다. 관람객 일인당 경비를 계산하면 엄청나다. 그러나 도록은 적은 비용으로 내 작품을 소장 시킬 수 있다. 가능한 한 많은 사람들에게 도록을 나누어 주는 것이 가장 경제적인 홍보 방법이다.

　도록은 상설 전시장이다. 버리는 도록이 아닌 소장하는 도록을 만들어야 한다.

〈여행〉 2013
하루살이는 죽은 것이 아니다.
이 세상으로 여행 왔다 하루만 머물고
또 다른 세상으로 날아가고 있다.

#액자는 또 하나의 프레임

K사진가는 빛, 형태, 컬러, 프레임이 사진의 4대 요소라고 했다. 빛은 다른 예술과 구별되는 사진만의 특성이다. 형태는 메시지를 전달한다. 컬러는 작품의 감성, 분위기를 만들어 준다. 프레임은 작품의 성격을 암시한다. 프레임이 강한 사진은 작품이 전달하는 의미를 집약하고 압축시켜 준다. 프레임이 없는 사진은 사진의 의미를 확장시킨다. 사진에서 프레임은 피사체의 한 부분을 도려내어, 렌즈 속에 선택된 한 부분을 압축시켜 집어넣는 것이다. 비슷한 풍경이라도 프레임을 어떻게 하느냐에 따라 전혀 다른 사진이 되고, 같은 사람이라도 프레임을 어떻게 잡느냐에 따라 전혀 다른 개성을 보여준다. 특색 있는 사진을 만들려면 남들이 보지 못하는 프레임을 찾아야 한다. '그림은 덧셈, 사진은 뺄셈'이라는 말처럼 좋은 사진을 찍으려면 잘라내는 것을 잘해야 한다. 이것저것 넣고 싶은 욕심을 버리고 주제에 집중해야 한다. 이것이 '프레임의 기술'이다.

액자는 가장 강한 프레임이다. 액자에 들어가는 순간 작품이 달라진다. 작품에 무게감을 더해 주기도 하고 작품이 넓게 펼쳐 나가게도 해 준다. 액자는 작품의 배경과 같다. 수채화를 공부하면서 가장 어려운 것이 바로 이 배경 처리다. 배경에 따라 작품이 살고 죽는다. 배경을 보면 작가의 수채화 실력을 곧바로 알 수 있다. 풍경사진을 주로 찍는 C작가는 100년 된 한옥의 문짝을 구해 액자를 만들었다. 사진에 시간성을 담기 위한 특별한 시도다. 액자는 작품의 품격을 올려 준다. 물론 액자가 질이 떨어지는 작품의 가치를 올려 주지는 못한다. 그러나 잘못 표구된 액자는 좋은 작품의 가치를 떨어뜨릴 수 있다. 작품 프린트까지는 정성을 다해서 했는데, 비용 때문에 액자를 손쉽게 결정하는 경우를 종종 보는데 정말 안타까운 일이다. 전시의 마지막 과정으로 갈수록 적은 비용인데도 전시에 미치는 영향이 크다.

액자는 작품의 연장이다. 작품으로 소화 못한 부분을 액자로 보완할 수 있다. 우선 작품 개념과 어울리는 액자 재질이나 컬러를 선정해야 한다. 〈소금밭〉 전시의 경우 일단 무늬 없는 나무를 선택했다. 시골 초가집 아궁이에서 불을 때서 올라온 검댕과 먼지가 쌓여 만들어진 것 같은 검은 초콜릿 컬러를 선택했다. 튀지 않으면서도 작품의 기본 컬러와 조화를 이루었다. 그런 색깔의 페인트가 없어서 액자집 사장님이 옻칠을 하여 원하는 색감을 내 주었다. 나중에 많은 작가들이 이 액자와 비슷하게 해 달라고 주문했다는 후문을 들었다.

작품과 액자 사이에는 8센티 정도 흰 여백을 주었다. 좌우 합하면 작품 크기의 15% 정도가 여백이다. 액자는 무대이고 작품은 연기라 생각한다. 여백은 관람객의 공간이다. 관람객은 여백과 액자 사이를 지나가면서 자기 작품을 만들어 간다. 때로는 작품과 액자 사이에 여백을 두지 않는 경우도 있다. 무대를 벽면으로 보고 액자까지도 작품 속으로 끌어들이는 것이다. 작품 하나하나보다는 이웃 작품과의 연결성이 더 중요한 경우에도 프레임은 방해가 된다. 때로는 아예 액자를 하지 않는 경우도 있다. 작품이 끊어지지 않고 무한 상상력을 발휘하도록 하고 싶을 때가 그렇다. 벽면 전체가 작품의 주요 구성요소가 되는 것이다. 때로는 한 개의 작품을 반으로 갈라 따로 액자를 하는 경우도 있다. 작품 반쪽과 반쪽이 별도의 작품이 된다. 또 둘이 합치면 새로운 작품으로 변한다. 나누고 합침으로써 의미 변화를 꾀하는 것이다.

액자는 가장 명확한 작품의 프레임이다.

#작품을 팔아야 비로소 작가다

프로 작가니까 작품을 팔아야 한다. 전시를 앞두고 고민이 생겼다. 가격을 어떻게 정해야할지 판단이 서지 않았던 것이다. 사진가이며 평론가이고 갤러리 관장인 C교수에게 상의했다. C교수의 설명은 의외로 명쾌했다. "갤러리를 운영해 보니 아마추어든 전문작가든 작품은 99% 아는 사람들이 삽니다. 어느 정도 가격이면 친지들이 부담스러워 하지 않을까 생각해 보세요." 명확하긴 한데, 얼마로 해야 할지 망설여지기는 마찬가지였다.

우선 작품 에디션을 다섯으로 결정했다. 한 작품을 다섯 개까지만 프린트하겠다는 생각이었다. 가격은 작품 내용이나 크기에 따라 120, 90, 70만 원으로 정했다. 작품 가격이 사이즈에 비례하는 것은 아니지만 큰 작품이 주력 작품이라 비싸게 책정했다. 프린트 용지도 욕심내서 특별한 것을 쓰고 액자도 나만의 독특한 것을 개발하다 보니 제작비가 만만치 않게 들어갔다. 프린트, 액자, 포장 박스, 배송비를 포함하면 한 작품에 들어가는 제작비가 30~40만 원 정도이니, 원가를 고려하면 비싼 가격이 아니라고 생각했다.

보통 전문작가의 작품은 첫 번째 에디션이 가장 싸고 판매가 되어 에디션이 올라갈수록 작품 가격도 비싸진다. 그러나 나는 에디션에 관계없이 동일한 가격으로 정했다. 그러나 아무리 친분이 있다 하더라도 이름 없는 신인 작가의 작품을 그 비용을 지불하고 구입한다는 것은 쉬운 일이 아니다. 한편으로는 크게 부담도 되었다. 친분 때문에 내 작품을 사서 걸어 놓지도 않고 창고에 처박아 둔다면 나로서는 너무 비참할 것 같았다. 실례인 줄 알면서도 작품을 사겠다고 하면 왜 사려고 하는지, 어디다 걸어 놓을 것인지를 물어 보았다. 한편 내 나름대로 작품 가치를 높이려는 노력도 했다. 프린트, 액자 외에 포장 박스도 특별제작했고, 서울 시내는 물론 지방도 무료로 배송해 주기로 했다. 갤러리 보증서도 받아서 첨부했다. 후면에는 작품명, 규격, 프린트, 제작 연도, 에디션 등 작품 내용을 기록하고 작가의 낙관도 찍었다. 낙관은 회사 후배인 K 사장이 선물해 준 것인데 제대로 가치를 발휘했다. 애프터서비스 차원으로 졸업논문을 겸해서 쓴 작품 논문도 발송했다.

  첫 판매는 전시 첫날 아침, 입사 동기인 S사장의 전화에서 시작되었다. 첫 작품은 본인이 소장하고 싶으니 하나 골라 달라는 것이었다. 그냥 사서 처박아 두는 것 아니냐고 농담하듯이 말을 건넸더니 "무슨 소리? 속초 집에 걸어 두려고 하는데!"라며 펄쩍 뛴다. 그는 전시회에 찾아와서 나의 대표 작품인 〈여행1〉을 골랐다. 이 작품은 다섯 개의 에디션 중 네 개가 팔렸다. 한 개를 내가 소장한다고 보면 완판된 것이다. 네 번째 에디션은 전시 2개월 후, 함께 지식봉사 활동을 하고 있는 K사장이 구매했다. 바쁜 와중에도 전시를 보러 와 주고, 작품까지 소장해 준 것이다. 역시 회사 선배, 동기, 후배들이 주 고객이었다. 친분 때문에 사 준 것임을 뻔히 알면서도 작품이 판매되고 나니 작가가 된 느낌이 들었다. '예술은 돈'이라는 피카소의 말이 실감났다. 첫 작품을 소장해 준 분들을 내 마음속 장부에 기록해 놓았다. 평생 애프터서비스를 해 주고 싶다. 후일 더 좋은 작품이 나오면 언제든지 무상으로 교환해 주고 싶은 심정이다. 이 분들 때문이라도 더 열심히 작업을 해야겠다고 결심했다. 떠밀려서라도 작업을 해야 한다. 작품의 가치를 올리는 일만이 나의 고객들에게 보답하는 길이므로.
  작가는 작품이 판매될 때 비로소 첫걸음을 떼는 것이다.

#전시는 스토리텔링이다

사진 경력이 어느 정도 되면 잘 찍든 못 찍든 사진 전시회를 하라고 권유하고 싶다. 그룹전이 아니라 개인전이다. 전시는 한 단계 작품 활동의 마무리이고 다음 단계를 향한 발판과도 같다. 학창시절 학년이 올라가듯 사진가는 전시를 통해서 한 단계씩 성숙하는 것이다. 전시를 하면 자기 작품을 깊이 있게 생각하게 되고, 자신의 작업을 정리하게 된다. 주제를 정하고 작품을 선정하는 과정부터가 생각의 연속이다. 많은 작품을 찍었는데 작품을 고르다 보면 빠진 것이 많고 부족한 것이 눈에 띈다. '이렇게 찍었더라면' 하는 생각도 든다. '이것이다!' 하고 자신 있게 내세울 수 있는 대표작도 고르기 어렵다. 전시를 앞둔 작가가 프린트 마지막 날까지 재촬영을 거듭하는 모습을 자주 보는데, 이것은 아마추어나 프로나 마찬가지다.

사실 전시할 작품을 고르는 일은 고역이다. 작품을 선정하는 것도 어렵지만 작품을 빼는 것은 더욱 어렵다. 작가 입장에서는 유독 애착이 가는 작품들이 많다. 촬영 과정에서 많은 어려움을 겪었거나 낱장의 사진으로 좋은 평가를 받았던 작품은 애정이 듬뿍 배어 있다. 그러나 아무리 훌륭한 작품이라도 주제를 벗어난 것이면 과감히 커트해야 한다. 너무 많은 작품을 전시해 분위기를 망치는 경우를 자주 본다. 또 중복되는 작품도 걸어내야 한다. 반면에 한 개의 작품으로는 미흡하지만 다른 작품을 도와주는 작품은 넣을 수 있다. 사진 선택은 냉정한 판단력이 필요하다. 전시는 작품 하나하나가 아닌 전체를 한 번에 볼 수 있게 해준다. 개별 사진을 볼 때와 전시장에 여러 작품을 배치하고 볼 때는 전혀 느낌이 다르다. 사진은 보고 해석하는 것이 아니라 느끼는 것이다. 사람을 만났을 때 첫 인상을 보는 것이 아니라, 그 사람의 삶의 모습을 한꺼번에 보는 것과 같다. 또 전시 사진은 우선 크다. 컴퓨터 모니터로 보거나 작은 사이즈로 프린트해서 볼 때와는 느낌이 다르다. 작품 특성에 어울리는 특수 용지에 프린트한 후, 액자에 담아 벽에 걸어 놓으면 어떤 작품이라도 감동적이다.

사진은 스토리다. 전시를 하면 스토리가 살아난다. 한 개 사진의 스토리만이 아니라 사진과 사진을 연결하는 스토리가 전해진다. 사진의 사이즈, 작품의 그루핑, 전시 위치, 배치 순서에 따라서도 스토리는 달라진다. 작품 이외의 여백도 말을 한다. 작품은 생각이고 느낌이므로 보는 사람의 상상력을 자극할 수 있어야 한다. 전시장의 분위기는 배경음악과 같다. 아마추어 전시회에 가 보면 화려한 화분과 화환들이 전시장을 가득 메운 경우가 많다. 밝고 가벼운 전시라면 괜찮다. 그러나 뭔가 생각하고 의미를 전달하는 전시라면 방해가 된다. 작품보다 꽃에 시선이 먼저 가고, 누가 보낸 꽃인지, 그 사람과 작가가 어떤 관계인지가 더 궁금해진다. 나는 전시회를 열 때 꽃을 받지 않겠다고 했다. 그래도 굳이 보내 주는 분이 있으면 미안하지만 리본을 떼고 복도에 전시해 놓았다.

전시는 관람객이 함께 보면 새로운 의미가 더해진다. 대여섯 명이 함께 리뷰하다 보면 다양한 생각에 놀라게 된다. 평론가가 추천한 작품과 일반인이 좋아하는 작품이 일치할 때도 많다. 지나가면서 하는 관람객의 한마디에 정신이 번쩍 나기도 한다.

사진을 찍을 때는 내 것이지만 전시장에서는 보는 사람의 것이다.

〈단체여행〉 2014
꽃들이 단체로 여행을 간다. 한여름 땀 흘려 일했으니 이제 놀러가고 쉬어야 한다.

#논문으로 사진에 한 발짝 더

"본인 작품 보다는 참고 작가 이야기가 더 많네요? 앞부분은 확 줄여도 되겠어요." "널리 알려져 있는 작가 이야기를 장황하게 설명할 필요는 없지 않은가요?" "이 도표가 작품과 어떻게 연결되죠? 빼는 게 어때요?" "표현이 너무 문학적이고 감상적인 것 같아요."

질문이 쏟아진다. 논문 예비 심사장에서 심사위원들이 나에게 던진 말들이다. 쉽게 생각했는데 오산이다. 내 딴에는 작품에 대한 관람자 조사도 하고 다른 논문과 독특한 의견을 제시하려고 했는데 방향이 빗나갔다. 정식 교수는 아니지만 대학에서 8년간이나 강의를 했고, 논문을 써 본 적은 없지만 다른 교수들의 논문은 많이 보아 왔기에, 그리고 무엇보다 예술 계통의 논문이라 가볍게 생각한 것이 실수였다. 보통 학생들은 개인전을 마친 후 다음 학기에 논문을 쓰는데, 한 학기에 두 가지를 하겠다고 달려든 것도 무리였다. 그래도 벌려 놓은 것이니까 마무리는 해야 했다.

졸업논문은 순수사진을 전공하는 학생들의 마지막 관문이다. 개인전을 완료한 후, 작품을 주제로 논문을 작성해 통과되어야만 졸업할 수 있다. 논문 심사를 받기 전에 몇 차례 지도교수의 감수를 받아 논문을 제출한다. 지도교수의 감수 과정에서 논문 제출을 다음 학기로 미루는 경우도 있다. 본인의 생각과 지도교수의 생각이 달라 논문의 방향을 재정립해야 하는 경우도 있고, 준비가 부족해 보완을 필요로 하는 경우도 있다. 대부분 학생 스스로 결정하지만 때로는 지도교수가 다음 학기에 심사를 받는 것이 어떠냐고 권유하기도 한다. 이런 과정을 거쳐 예비 심사, 본 심사를 통과해야 한다. 드물기는 하지만 예비 심사에서 탈락하는 경우도 있고, 수정을 조건으로 예비 심사를 통과하기도 한다.

내가 범한 큰 실수는 작품 논문과 일반 논문을 착각한 것이다. 개인전을 한 학생들은 자기 작품에 대한 논문을 쓰는 것이다. 작품의 개념이나 구성, 표현 방법을 예술이나 사진 이론을 토대로 분석, 정리하는 것이다. 이 과정에서 다른 작가들의 작품과 비교하여 정밀 분석한다. 작품 하나하나를 깊이 있게 탐구하고, 사진으로 표현되지 못한 내밀한 부분까지 드러내어 분석한다. 예술 잡지에 평론가들이 기고하는 작품론이나 작가론과 비슷하다. 자기 작품이라 객관적으로 분석하기가 더욱 어렵다. 반면 일반 논문은 새로운 사진 이론을 개발하고 제안하는 것이다. 처음에는 일반 논문 형식으로 자료를 준비하고 논문의 초고를 작성했다. 자료를 열심히 구하고 천안의 도서관을 오가며 논문 초고를 작성했다. 일반 논문과 작품 논문이 형식, 내용, 분석 방법에 있어 다르다는 것을 알게 된 것은 너무 늦은 때였다. 그러다 보니 얼치기 논문이 되었다.

학교나 학과에 따라서 전시나 논문, 둘 중 하나만 하면 학위를 주는 경우가 많다. 그러나 우리 학교의 순수사진 전공은 전시, 논문 두 가지를 모두 고집한다. 힘은 들었지만 논문을 쓰고 나니 이해가 되었다. 전시할 때와는 또 다른 눈으로 작품을 보게 되었던 것이다. 논문을 쓰면서 작품에 대한 개념이 정리되었다. 사진이론, 참고 작가의 작품, 개념, 배경을 철저히 공부하면서 사진에 대한 이해가 보다 깊어졌다. 무엇보다 무수히 들어 왔던 사진이론을 깊이 있게 탐색하고 제대로 공부할 수 있는 계기가 되었다. 실제로 많은 논문을 읽고 많은 책을 사들였다.

비록 호랑이를 그리려다 고양이도 제대로 못 그렸지만, 논문 작업은 사진에 한 발 더 깊이 들어가게 해 주었다.

#이 빚을 어떻게 갚을지

전시는 많은 사람들이 보아야 가치가 있다. 전시 준비가 어느 정도 마무리되면 전시 소식을 알리는 것이 중요하다. 그런데 누구한테까지 연락해야 하나 망설여졌다. 혹시 폐가 되는 것이 아닌가 걱정도 되었다. 오래 전에 '전시 공해'라는 말을 들은 적도 있다. 최근 아마추어 전시가 너무 많고 무분별하게 초청하다 보니, 안 갈 수도 없고 가면 작품을 사야 되는지 마는지 고민하는 모습을 옆에서 본 적도 있다. 특히 사업과 관련되거나 갑과 을의 관계인 경우는 새로운 형태의 민폐임에 틀림없다.

나의 경우, 첫 전시는 아무도 초청하지 않을 생각이었다. 부담을 주기 싫어서였다. 어느 정도 인정받고 나서 당당하게 모시고 싶었다. 그런데 마지막에 생각을 바꾸었다. 몇몇 교수님들의 조언이 영향을 미쳤다. 또 내 수준을 생각하다간 평생 아무도 초청하지 못할 것 같다는 생각도 들었다. 전시는 자주 하는 것이 아니라 이번 기회를 놓치면 작품을 소개할 기회가 없을 것도 같았다. 실제로 다음 전시는 다른 작품이니까 이번 기회를 놓치면 작품을 보여 줄 기회가 없다. 내가 무슨 일을 하고 있는지 지인들에게 보여 주고도 싶었다. 대학원에 들어가 사진을 공부한답시고, 모임에도 수업 핑계를 대고 자주 빠지니까 무엇을 하는지 궁금해 하는 친구들도 많았다.

어떤 분은 현실적인 조언도 했다. "어차피 전문작가로 시작하니까 가급적 많은 사람들에게 알려야 한다. 정치인처럼 명함을 많이 뿌려라. 누가 고객이 될지, 누가 고객을 소개할지 모른다. 작품을 사는 사람만이 고객이 아니다. 누구든지 당신 작품의 홍보 요원이 될 수 있다. 전시보다 자기 작품을 홍보할 수 있는 더 큰 기회는 없다. 전시를 최대한 활용해야 한다." 이 말을 듣자 퍼뜩 깨우침이 왔다. 명색이 마케팅 전문가인 내가 자신의 마케팅은 생각하지 못했구나, 하는 생각도 들었다. 그래서 제한된 홍보는 하기로 결정했다. 우선 대학원에서 함께 공부한 동기, 선후배들과 교수, 강사님들이 우선순위였다. 아마추어 시절 지도해 주신 선생님이나 함께 공부한 분들도 초청 1순위다. 직장 선후배와 친지들 가운데 사진 공부를 하는 분들에게는 부담 없이 알렸다. 그분들에겐 초청장은 발송하지 않고 휴대폰 문자 메시지로 전시 소식만 알렸다. 모임 관련해서는 개별 초청은 하지 않고 각종 모임의 총무에게 공지사항으로 알려 달라고 부탁했다. 전시 분위기상 화분, 화환은 받지 않는다고 미리 알렸다. 전시 소식은 알리되 부담은 최소화하고 싶었던 것이다.

전시 초대는 결혼식 청첩장과 비슷하다는 느낌이 들었다. 전시장에서는 작가가 주인공이다. 모두 축하해 주고 작가의 이야기에 귀 기울여 준다. 사진에 관심 있는 분이 아니면 얼굴을 보러 오는 것이다. 결혼식은 식사라도 제공하지만, 전시회는 여러 팀 겹쳐 방문하면 차 한 잔 못 나눈 경우도 많았다. 결국은 결혼식과 마찬가지로 빚을 지는 것이다. 전시에 초청 받으면 어떻게 해야 하느냐고 묻는 분들도 많다. 전시는 가서 봐 주는 것만으로도 훌륭한 인사다. 아직도 예술가들은 순수하다. 그러나 형편이 된다면 조금 적극적인 인사를 하는 것도 좋다. 작품을 사 주면 작가의 평생 은인이 된다. 금액보다 자기 작품을 인정해 준다는 고마움이 더 크다. 금일봉을 주고 가는 분들도 있다. 가장 흔한 것은 꽃을 보내는 것이다. 사실 꽃은 부담이 된다. 작품 감상에도 방해가 되고 사후 처리도 어렵다. 여성들은 과자를 사 들고 오기도 한다. 오는 손님에게 대접하거나 누구를 주어도 되니 부담은 없다.

손님이 많이 와서 즐겁기는 한데 이 빚을 어떻게 갚아야 할지 부담도 커진다.

최전선의 놀이기구

빙글빙글 돌아가는 회전목마, 하늘 그네, 해적선 등, A는 전국 곳곳에 흩어져 있는 어린이 놀이기구를 찍는다. 그것도 안 어울리는 장소에 있는 놀이기구들이다. 처음 시작은 통일 전망대였다. 휴전선 이북 북한이 내려다보이는 곳을 찾아갔다. 관광 겸 호기심에 북한 땅을 보고 싶어서 갔는데 거기에 어린이 공원에서나 볼 수 있는 놀이기구가 있었다. 신기했다. 파란 하늘을 배경으로 빨강, 초록, 노랑 원색으로 치장한 놀이기구가 생뚱맞게 느껴졌다. '남북이 대치해 총을 겨누고 있는 전선도 놀이터가 될 수 있구나'라고 생각하니 야릇한 기분이 들었다. 놀이기구는 주로 아이들이 많이 찾는 대공원이나 유원지에 설치되어 있다. 그러나 때로는 안 어울릴 것 같은 장소에도 놀이기구가 있었다. 아파트 옆 빈 공터에 있는 놀이기구, 한겨울 아무도 찾아올 것 같지 않은 텅 빈 해수욕장이나 수영장 옆에도 놀이기구가 있었다.

A는 대학에서 사진을 전공하지는 않았으나, 사진학과의 학점 은행제 과정을 수료하여 사진학과 졸업생과 동등한 자격을 갖고 있었다. 사진학과 출신은 대학원 최소 수학 기간이 4학기이고, 비전공자는 5학기라 다른 학생보다 한 학기 빨리 졸업할 수 있었다. 물론 사진 경력도 길다. 대학원 입학 후 얼마 안 되어 개인전도 했다. 문화센터나 장애인을 위한 봉사활동으로 사진 강의도 하고 있었다. 작품을 만드는 솜씨도 뛰어나다. 처음부터 사진의 구도나 색감, 프린트까지 거의 완성된 작품을 내놓아 함께 공부하는 학생들을 기죽게 했다. 작품 완성 전까지, 수업 시간에는 작은 사이즈의 디지털 프린트를 해온다. 프린트 비용도 만만치 않기 때문에 배려를 해주는 것이다. 그런데 A는 신문지 반절 크기의 잉크제트 프린트를 해왔다. 디지털 프린트와 잉크제트 프린트는 작품의 질감이 달랐다. 지도교수도 그녀의 작품에 대하여는 말을 아꼈다.

수업이 중간을 넘어서자 A에게도 강한 주문이 이어졌다. 놀이기구만 넣지 말고 주위 환경을 넣어라, 해변에 있는 놀이기구라면 해변이 나와야 한다, 아파트 옆 공터의 놀이기구라면 아파트가 나와야 한다는 것이다. 우리는 놀이기구를 찍는 것이 아니다. 놀이기구에서 풍기는 메시지가 있어야 한다. 환경이 있어야 한다. A의 작품은 완성도가 높기 때문에 많은 고민을 했다. 지금까지 생각을 버리고 새롭게 찍어야 했다. 주변 환경이 들어가면 들어갈수록 색감이나 조형성은 떨어지는 것 같았다. 그러나 환경이 들어간 사진은 하나하나 다르게 보였다. 같은 놀이기구지만 다른 내용을 전달했다.

그녀는 고민을 많이 했다. 놀이기구는 전국에 흩어져 있다. 항상 날씨가 좋은 것도 아니다. 작업하기가 쉽지 않다. 사진을 찍으려면 1박2일 출장을 가거나 새벽에 나가 밤에 돌아와야 했다. 살림을 하는 주부 입장에서는 쉬운 일이 아니었다. 더욱이 대학 입시를 준비 중인 고3 딸이 있었다. 엄마를 닮아 사진학과 지망생이다. 집 안팎으로 최악의 작업 여건이었다. 그래도 A는 수업 시간마다 새로운 사진을 갖고 왔다. 입시생 자녀까지 둔 주부인데 언제 어떻게 사진을 만들어오는지 신기했다. 그러나 그녀의 가장 큰 고민은 어려운 작업 여건이 아니라 지금까지 작업해 왔던 작품의 개념을 바꾸는 일이었다. 그는 우리 동기 중 가장 큰 사이즈의 작품을 전시했다.

작품 수준이 높을수록 새로운 사진을 만들기는 더욱 어렵다.

안명숙 〈가평 꿈의 동산〉 2014
놀이기구에는 아이들의 웃음소리가 배어 있다.
관광 시즌이 지난 놀이동산에는 아이들의 흔적이 보이지 않는다.

08

사진, 사람, 세상

#사진과 수채화

나는 은퇴한 후 사진과 수채화를 동시에 시작했다. 둘 다 문화센터가 출발이었다. 문화센터에 6개월 정도 다닌 후 사진은 상명대 포토 아카데미에 자리를 잡았고 수채화는 선생님의 화실로 일주일에 두 번 나가기 시작했다. 이렇게 3년 정도 공부한 후, 대학원에 진학하면서 결국 사진을 선택했다. 지금은 누가 물어보면 사진은 직업이고 수채화는 취미라고 자신 있게 말한다. 그러나 실제로 투자하는 시간으로 따지면 수채화의 비중이 크다. 많을 때는 일주일에 2일, 그림을 그리러 화실에 가서 하루는 수채화를 그리고 하루는 인물 드로잉을 했다. 수채화 중에서도 풍경과 인물을 주로 그렸다.

　수채화와 사진은 비슷한 점이 많다. 서로 보완해 주면서 창의적 시각을 일깨워 준다. 특히 대학원 수업은 미술 관련 과목이 많아, 수채화 작업의 이론적 기반이 되어 준다. 숨겨진 캐릭터를 찾아내고, 그것을 시각적으로 표현하고, 다른 작가와 다른 나만의 기법을 찾는다는 점에서 둘은 거의 유사하다. 사진은 빛으로 그림을 그리고, 수채화는 물로 그림을 그린다. 사진의 깊이는 빛의 양과 질, 대비효과가 결정한다. 빛이 명암을 만들면서 다양한 컬러 톤을 만들어 내는 것이다. 수채화는 물이 종이 속으로 스며들면서 부드럽고 감성적인 분위기를 연출한다. 마치 은은한 빛이 사물에 펼쳐지는 것과 같다. 유화와 달리 수채화는 수정이 어렵고 물감이 번지면서 형성되는 묘한 질감이 묘미이다. 흔히 사진은 뺄셈, 그림은 덧셈이라고 말한다. 좋은 사진은 심플하고 전하는 메시지가 분명해야 한다. 초보 시절에는 넣고 싶은 것이 너무 많았다. 너무 많은 스토리가 들어 있었던 것이다. 그러나 시간이 지나면서 정리하는 법을 배웠다. 반면에 그림은 백지에서 출발해 하나하나 그려 넣으며 작품이 완성된다. 무엇을 어떻게 추가하느냐에 따라 그림이 달라진다. 물론 마지막 배경 처리에 따라서도 그림이 확 달라진다.

그래서 사진 작품을 위한 촬영과 수채화 소재를 찾기 위한 촬영은 시작부터 다르다. 처음에는 여행을 다니면서 두 가지 사진을 함께 찍으려 했다. 결과는 한 가지도 건지지 못했다. 애초에 방향이 다르기 때문이다. 그 다음부터는 미리 사진작품을 위한 여행인지 수채화 소재 수집 여행인지 정하고 출발했다. 물론 대학원에 들어가서는 작업 방법이 전혀 달라져 고민할 필요가 없어졌다. 사진은 우연히 좋은 작품을 찍을 수 있다. 순간을 포착하는 것이기 때문에 특이한 소재, 빛, 시간, 타이밍을 만나는 순간 무심히 셔터를 눌렀는데 전문가 급의 사진이 나올 수 있다. 그것이 누구나 쉽게 사진에 빠져드는 이유이기도 하다. 그러나 계속 좋은 사진을 만들어내는 것은 어렵다. 역시 공부하고 노력해야 한다. 반면, 그림에 우연은 없다. 정확히 노력한 만큼만 결과가 나온다. 재능이 있고 없고는 다음 문제다. 투자한 시간이 작품의 질을 좌우한다. 그것이 누구나 쉽게 그림에 달려들지 못하는 이유다.

사진은 복사가 가능하나 그림은 복사가 어렵다. 그렇게 보면 그림이 사진보다 더 정직하다. 사진을 하는 사람들 중엔 그림을 공부하는 사람들이 꽤 많다. 그림을 하는 사람들은 모두 사진을 찍는다.

사진과 수채화를 함께하여 더욱 즐겁다.

#사진가라는 직업

서양화가인 딸은 요즘 매일 노트북 컴퓨터에 붙어 있다. 작업계획서를 쓰고 레지던스 응모 프로그램에 매달린다. 무슨 화가가 그림 그리는 시간보다 글 쓰는 시간이 더 많으냐고 놀리면 "빨리 성공해서 조수를 두어야 할 것 같아요."라고 대꾸한다. 대학원에서 시내 유명 공공미술관의 큐레이터를 방문한 적이 있었는데, 학생들에게 이런 충고를 했다. "열심히 하는 것도 중요하지만 시간의 50%는 마케팅과 홍보에 투자하세요. 성공한 작가는 거의 대부분 자기 홍보 전문가예요." 어떤 작가는 전시회, 공모전, 큐레이터 정보만 두꺼운 책 한 권 분량을 갖고 있다고 한다. 그런 작가가 인정을 받는다고 한다. 사진가도 비슷하다.

세계적인 작가는 작가 자신이 하나의 회사다. 많은 스태프와 조수들이 작업을 도와준다. 신문사나 잡지사에 소속되어 있는 작가는 작품 활동이 쉽다. 그들은 보도사진이나 인물 사진, 다큐멘터리 사진을 주로 찍는다. 공익활동을 하므로 직업상 특별대우를 받는다. 다른 사람보다 빨리, 그리고 더 가까이 사건 현장에 접근할 수 있다. 유명 인사에 대한 접근 기회도 많고 일반 사람들이 가기 어려운 장소도 갈 수 있다. 전쟁 사진, 오지 탐험이 대표적인 예다. 무엇보다 작업에 필요한 막대한 비용이 회사에서 지원되고 매체를 통해 무수한 작품이 발표된다.

광고사진 작가는 대부분 스튜디오를 갖고 있다. 어느 정도 인정받고 네트워크가 형성되면 돈벌이가 잘 된다. 주로 패션, 인물, 정물 사진을 찍는다. 광고사진 작가의 작품은 광고라는 형태로 매체를 통해 발표된다. 그 외에 스튜디오를 갖고 인물 사진 촬영을 하는 작가도 많다. 결혼사진, 가족사진, 기념사진, 졸업 앨범사진 등을 촬영한다. 작은 규모이지만 신용을 쌓으면 생업은 된다.

　가장 힘든 것이 순수사진 작가들이다. 그들은 작품을 팔아 돈을 벌어야 하는 사람들이다. 하지만 몇몇 손꼽을 정도의 작가 외에는 작품 판매로 생활하기가 어렵다. 부모의 지원을 받거나, 특별한 스폰서가 있거나, 부업을 갖고 있어야 작품 활동을 할 수 있다. 어렵게 작업을 했더라도 발표할 공간이 없는 경우가 많다. 설사 경제적 여유가 있다 하더라도 자비로 전시를 하는 것은 자존심이 상하고 인정받지도 못한다. 대부분의 작가들은 작품을 발표할 공간, 매체에 목말라 있다. 그래서 공모전이나 문화단체의 기금 지원에 매달린다. 그중에서도 입주 공간과 전시 기회를 제공하는 레지던스 프로그램에 선택되는 것은 작가에게 가장 큰 기회다. 그러려면 서류를 그럴듯하게 구성하고 포트폴리오를 잘 만들어야 한다. 특히 사회적 관심사를 포착하여 자기 작품과 연결시키는 동물적 감각이 있어야 한다. 큐레이터, 평론가들에게 자기 작품을 알리는 것도 중요하다. 물론 화제성 있는 전시 경력도 있어야 한다. 작가들 중에는 지원금을 잘 타 내는 특별한 재능을 가진 분들도 있다. 그러나 대부분의 작가들은 비록 가난하고 남들이 알아주지 않는다 해도, 자기 작업에 몰두하고 있다. 어떻게 생활하는지 궁금할 정도다. 이런 분들의 전시회에 가면 작품은 못 사 주어도 책이나 카다로그는 꼭 사 준다.
　좋은 작품도 능력과 노력, 운이 함께해야 빛을 볼 수 있다.

#오랜 친구, 새 친구

50대까지는 친구가 늘어났는데 60대 들어서면서 친구가 줄어든다. 직장생활 할 때는 회사 동료들이 모두 친구였다. 하루 종일 얼굴을 맞대고 살고, 있는 것 없는 것 다 공개되다 보니 흉허물이 없다. 근무시간은 물론 퇴근 후에나 휴일에도 가장 많이 만나는 이들이 회사 관계자였다. 회사나 부서를 옮기면 함께 근무했던 사람들과 모임도 만들었다. 또 회사를 배경으로 한 사회적 모임도 많았다. 전공인 마케팅과 광고 분야에 근무하는 분들이나 각종 경영자 모임, 동문 모임 등 공동 관심사나 사회적 관계로 이리 저리 얽힌 느슨한 친구들도 많았다. 그러나 은퇴하고 시간이 지날수록 회사를 배경으로 한 모임은 점차 동력을 잃어 가고 있다. 유일하게 입사 동기 모임이나 소수의 동료들 모임만 끈끈한 정을 이어가고 있다.

  반면에 은퇴 후 가장 자주 만나는 것이 고등학교 동창들이다. 어린 시절 함께 자란 친구들이라 몇 십 년 만에 만나도 쉽게 친해진다. 식사, 골프, 당구, 등산, 바둑 등 얼마나 자주 어울리느냐에 따라 새롭게 친해진다. 특히 경제적 여유가 있고 술을 잘 하는 친구들은 은퇴 후에도 바쁘다. 일 년에 두세 번 행사도 있고 지역 모임도 있어 부인들끼리도 친할 뿐더러 해외여행이라도 함께 다녀오면 친밀도가 더 높아진다. 그러나 시간이 갈수록 인원이 줄어든다. 병치레 때문인 경우가 가장 많고 경제적인 여유가 없는 경우엔 모임에 잘 나타나지 않는다. 무엇보다 화제가 단조로워 만나는 것 이상의 의미를 찾기는 어렵다.

  사진을 하면서 친구가 늘어나고 있다. 그것도 새로운 분야 새로운 친구들이다. 처음 사진을 배웠을 때는 '포토 앤 컬처'라는 모임을 만들어 매월 함께 사진 촬영을 나갔다. 일본, 중국, 호주 등으로 해외 사진여행을 다녀오기도 했다. 대부분 경영자들이어서 배우는 것도 많았다. 사진도 빠르게 늘었다. 상명대 포토 아카데미에 다닐 때는 다양한 연령과 직업의 아마추어 사진가들을 만날 수 있었다. 물론 조심스럽기는 했지만 새로운 세계의 사람들을 접하는 호기심도 있었다. 국내외로 사진여행을 다니면서 재미있는 시간을 보냈다. 사진을 처음 배울 때라 모든 것이 새로웠고 배우는 것마다 흥미로웠다. 사진도 많이 찍었다. 대학원에 다니는 학생들은 또 분위기가 달랐다. 사진 실력도 뛰어났고 각자 자부심도 대단했다. 수업 시간은 물론 뒤풀이 시간에도 긴장되기는 마찬가지였다. 혹시 실수하는 것은 아닐까, 다른 학생들에게 폐를 끼치는 것은 아닐까, 신경이 많이 쓰였다.

대학원을 졸업하던 날, 무엇을 할지 망설이다 프랑스어 학원에 등록했다. 무언가 고정적인 일이 있어야 안정될 것 같았기 때문이다. 우선 몇 개월 후에 잡혀 있는 프랑스 여행에서 써 먹고, 1년 뒤에는 파리 포토쇼에 참가하겠다는 계획도 세웠다. 그런데 여기는 또 다른 세상이었다. 주로 프랑스 유학을 계획 중인 학생이나 직장인들이 대부분이었는데 그들은 요리, 영화, 예술 등을 지망하고 있었다. 이제 어디를 가나 내가 최연장자다. 바로 아래 사람보다 10년 이상 차이가 난다. 그래서 항상 조심스럽다. 마음은 그렇지 않은데 머리나 몸은 따라 주지 않는다. 다른 사람에게 부담을 주지 않으려고 최대한 노력한다. 그래도 사진을 하면서 얼굴도 두꺼워지고 용감해졌다.

사진은 늘 새로운 친구를 만들어준다.

〈다이아나의 길〉 2011
사랑이란? 명예란? 다이아나 왕세자비가 거닐던 아침 산책길에서 그녀를 생각한다.

#천사를 만났다

"늘 감사해요. 이렇게 큰 병을 앓으면서도 이런 집 갖고 사는 게 쉬운 일은 아니잖아요."
그녀는 환하게 웃으며 말했다. 중병을 앓고 있는 남편을 돌보면서 본인도 암을 앓고 있는
환자 같지 않았다. 고등학교 동창 H의 부인 이야기다. H는 오랫동안 당뇨로 고생했다. 가
족력이 있는데다 젊었을 때 폭음하며 사업 한다고 몸을 돌보지 않은 탓이다. 10년 전 당
뇨가 악화되어 눈이 보이지 않게 되었다. 거기다 신장까지 나빠져 수술을 하고 일주일에
두 번씩 투석을 받아야 했다. 그의 부인은 이런 그를 수족과 같이 보살피고 있다. H는 부
인이 없었다면 벌써 세상을 떠났을 것이라고 한다. 세상에 나와 가장 잘한 일은 지금 부
인을 만난 것이라고도 했다.

그런데 하느님도 무심하시지 부인도 덜컥 암에 걸려 버렸다. 수술을 하고 항암치료를
받은 부인은 강한 의지로 병을 꿋꿋이 이겨냈다. 그것도 남편 간호를 하면서. 자신보다 더
아픈 가족이 있으면 그보다 약한 병은 병이 아니라는 말처럼, 내가 없으면 남편을 돌볼
사람이 없다는 마음이 강한 의지력이 된 것이다.

동창 L은 H 부부를 오랫동안 옆에서 도와주고 있다. 학창 시절의 우정을 지속하고 있
는 것이다. H에게 무슨 일이라도 생기면 찾아가 도움을 주고, 명절 때면 친구들과 함께
찾아가 위로해 주곤 한다.

이 이야기를 전해들은 나는 L과 H의 사진을 꼭 찍어 주고 싶었다. L의 부탁으로 딸아이
주례를 서 주었기에 어떻게 사는지도 궁금했다. 마침 추석 명절이라 친구 몇몇이 H한테
간다고 했다. 나도 따라 나섰다. 한편으론 가서 무슨 말을 해야 할지, 어떤 표정을 지어야

할지 어색했고 미안한 마음도 들었다. 그런데 H 부부는 너무나도 표정이 밝았다. 친구 H도 전에 봤을 때보다 얼굴이 환하게 피어 있었다. 모두들 부인 덕분이라 칭송했다. H의 부인은 친구 L과 농담도 주고받았다. 어둡던 마음이 싹 사라지고 마음이 훈훈해졌다.

그날 함께 온 친구들을 보니 더욱 흐뭇했다. 모두들 사람 냄새가 물씬 풍기는 친구들이었다. 흔히 세상에서 말하는 잘 나가는 친구들이 아니었다. 자기 몸이 아픈 친구도 있었고 경제적 여유가 없는 친구들이 대부분이었다. 그러나 친구들 경조사는 한 번도 빠지지 않고 다니는 단골손님들이었다. 나는 갑자기 부끄러운 생각이 들었다. '바쁘다는 핑계로 내 앞만 보며 살아 왔구나.'란 생각이 들었다. 친구들을 쭉 세워 놓고 사진을 찍었다. 눈이 안 보이는 H는 무슨 사진이냐고 겸연쩍어했지만 친구들이 함께 찍는다니 기분 좋게 응해 주었다. 그의 얼굴은 편안하고 밝아 보였다. 나중엔 혀를 내밀며 장난까지 쳤다. 50년 전 학창시절로 다시 돌아간 것이다. 친구 L과 H, 두 사람 사진은 따로 크게 찍었다. 언젠가는 수채화로 그려 선물할 작정이다. 가을 저녁의 햇살이 더없이 포근하고 따뜻했다.

사진을 하면서 사람들을 더욱 깊이 알게 되는 즐거움이 있다. 겉모습만 보았던 사람을 한 꺼풀 벗기고 더 깊이 볼 수 있게 되는 것이다.

그날 나는 페이스북에 '오늘 천사를 만나고 왔다.'라고 썼다.

#사진 정리는 사진 강의로

기업에서 38년, 대학에서 3년, 평생을 마케팅과 함께 살아 왔다. 수도 없이 많은 마케팅 강의를 해 왔는데 최근에는 강의를 부탁 받으면 부담이 된다. 마케팅은 항상 생활의 현장을 지켜보고 있어야 하고 몸으로 느껴야 한다. 경영 일선을 떠나면서 이런 일상의 일들을 신경 쓰지 않게 되었기에, 마케팅 강의를 하려면 새로 준비해야 한다. 제품도 써 봐야 하고 매장도 가 봐야 하고 소비자들 이야기도 들어 봐야 한다. 또 새로운 마케팅 이론이나 유행하는 마케팅 팁도 공부해야 한다. 그래서 최근에는 경영이나 마케팅 강의는 가급적 하지 않는다.

물론 지금 나의 생활은 거의 사진과 얽혀 있어서 이런 준비가 쉽지도 않다. 대학원 다니면서 젊은 학생들과 어울려 다니니까 트렌디한 감각은 살아나는 것 같지만, 강의 부탁을 받으면 사진과 관련된 이야기를 준비한다. 사진은 누구에게나, 어떤 주제에나 쉽게 통하는 공통의 언어다. 과학창의재단의 요청으로 4차례에 걸쳐 고등학생들을 대상으로 강의할 일이 있었는데, 사진을 유효하게 써 먹었다. 어떻게 강의를 풀어 갈까 고민하다 내가 아는 이야기부터 시작하자고 마음먹었다. 강의 첫 시작에 항상 사진 이야기를 했다. 의외로 반응이 좋았다. 입시 공부에 시달리고 있는 학생들인데도 사진에 관심이 많았고 이해도 빨랐다. 사진은 모든 사람들이 잘 알고 있는 분야이면서 내가 조금 더 깊이 알고 있는 분야이기 때문에 관심을 유도하기가 좋았다.

사실 나의 첫 사진 강의는 내가 봉사활동으로 참여하고 있는 'CEO지식나눔재단'에서 경영인들을 대상으로 했다. 아마추어에서 시작해 대학원까지 6년간 사진 공부한 이야기를 나의 작품과 함께 풀어가면서 이야기했다. 강의를 준비하면서 그동안 찍은 나의 사진을 정리할 기회도 얻었다. 6년 동안 촬영한 엄청난 양에 나도 깜짝 놀랐다. 200기가의 외장 하드디스크 4개는 이미 채웠고, 컴퓨터의 C, D 드라이브도 가득 차기 직전이었다. 사진을 하면서 참 많은 곳을 돌아다녔다. 꽃 사진, 풍경 사진, 여행 사진에서 시작해 처음으로 만든 포트폴리오, 대학원의 작품 사진까지 몽땅 펼쳐 놓고 정리했다. 사진 공부하는 사람들이 반드시 거쳐 가는 과정이다. 나는 대학원이라는 '축지법'을 썼지만 사진은 셔터를 누르는 숫자만큼 성장하는 것 같다.

두 번째 사진 강의는 내가 재직했던 회사의 전·현직 디자이너들 모임에서 이루어졌다. 예전의 마케팅 사례와 함께 최근 내가 작업하고 있는 사진과 앞으로의 계획을 설명했다. 마케팅 이야기를 할 때보다 사진 이야기를 할 때 더 신이 나고 말에 생기가 돌았다. 좋아서 열심히 하는 일이기에 더욱 신이 났나 보다. 사진 강의를 할 때는 앞으로 15년간 나의 사진 계획을 설명하곤 한다. 나의 결심을 확고히 하기 위해 대중 앞에서 약속하는 것이다. 특히 후배들 앞에서 하는 약속은 꼭 지켜야 하므로. 과거의 나의 모습보다 앞으로의 모습을 더 눈여겨봐 달라고 자신 있게 말했다. 지난 2년 동안 몇 번이나 되새기고 되새긴 이야기다. 그래도 혹시 게을러지거나 약해질까 봐 미리 배수진을 치는 것이다.

사진 강의는 사진가를 더 강하게 만든다.

#보기 좋은 사진을 못 찍는가, 안 찍는가?

"좀 보기 좋은 사진을 찍지 그래?" P회장에게 일그러진 내 모습을 촬영한 자화상을 보여주었을 때 첫 반응이었다. 그의 말투는 항상 짧은 말로 핵심을 찍는다. 내 딴에는 무언가 작품 같은 것을 찍었다고 자랑하고 싶었는데 크게 한 방 맞았다. 맞는 말이다. 세수도 하지 않은 지저분한 얼굴, 덥수룩한 수염에 머리는 헝클어뜨렸다. 최대한 망가지고 흐트러진 내 모습을 연출했다. 길거리 노숙자와 비슷했다. 평상시의 나와 다른 모습, 가공되지 않은 날것 그대로의 내 모습을 보고 싶었다. 윗옷을 벗고 1미터 거리에서 전후좌우로 4장의 사진을 찍었다. 가장 흐트러진 형태의 내 모습을 무대 위에 올려놓은 것이다. 항상 남에게 보이기 위한 차림으로 평생을 살아온 나에 대한 반항이기도 했다.

프린트도 흑백으로 했다. 컬러에서 흑백으로 전환할 때도 최대한 거칠게 보이는 모드를 선택했다. 평상시 내 모습과 달리 얼굴이 거무튀튀하다. 길가에서 보던 걸인의 모습과 다르지 않다. 얼굴만이 아니라 햇빛이 스며든 목 주변이 거무스레하다. 얼굴에는 검은 반점이 하늘의 별 만큼이나 가득하다. 흉측하다. 목 주변에도 검은 점이 있었다. 혼자서 지저분한 내 얼굴을 가만히 들여다본다. 살아온 세월의 흔적이 담겨 있다. 힘들게 살면서 흘린 땀이 엉켜 반점이 되었나 보다. 무수한 고뇌가 겹겹이 쌓여 검은 사마귀가 되었나 보다. 그렇게 보니 반점도 사랑스럽고 사마귀에도 애정이 갔다. 이 사진을 페이스북의 타이틀 사진으로 올렸다. 후배들이 사진을 바꾸라고 아우성이다. 환하게 웃는 좋은 사진도 많은데 왜 그 사진을 올렸냐고 핀잔이다. 그래도 나는 이 모습이 좋다.

사진 실기수업을 함께 들었던 대학원 동기들과 사진 그룹전시를 했다. 염전에서 마이크로 렌즈로 거미와 나비를 촬영한 사진을 출품했다. 나로서는 매우 의미 깊은 작품이었다. 죽음에서 생명과 탄생의 의미를 찾아본 작품이다. 물론 아름답지는 않다. "왜 제목이 〈The Life〉죠?", "무엇을 찍은 거죠?" 사람들이 물어본다. 설명을 듣고 나면 고개를 끄덕인다. "선생님 같은 분(나이 많은 사람이란 의미일 게다.)이 아니면 찍기 어려운 사진이네요." 위로 삼아 좋은 평을 해 주기도 했다. 그런데 사진을 설명을 듣고 이해하다니, 말이 안 된다. 첫 눈에 알아보기 어렵다는 이야기다. 그렇다고 시선을 잡아끄는 임팩트나 조형적 아름다움이 있는 것도 아니다. 사진전 내내 내 사진 앞을 왔다 갔다 하며 생각했다. 앞으로 어떤 사진을 찍어야 할지 더욱 혼란스러웠다. 이번 전시회를 하면서 개인전 계획을 한 학기 미뤘다. 좀 더 사진에 대하여 생각해 봐야겠단 생각이 들어서였다.

오래 전 함께 사진여행을 갔던 어느 기업가의 이야기가 생각났다. "나는 아름다운 사진만 찍습니다. 아름다운 것도 많은데 왜 이상한 것을 찍습니까?" 나 같은 사람을 보고 하는 말인 것 같다. 계속 여운이 남는 이야기다. 사진가에게 평범한 것, 누구나 보는 것은 작업의 대상이 아니다. 그들은 낯선 소재, 낯선 표현 방법을 찾아 헤맨다. 똑같은 사물도 다르게 보려고 노력한다. 그러다 보니 사진이 계속 이상해진다. 이상해지는 것이 맞는 것일까?

아름다운 것을 찍어야 할까, 의미 있는 것을 찍어야 할까? 사진가는 오늘도 햄릿의 고뇌를 한다.

〈고동〉 2014
염전 두렁에 고동이 쌓여 있다. 날개도 없고 지느러미도 없는데 어떻게 여기까지 왔는지 모르겠다.
영혼이 날아가 버린 껍질들만이 무리지어 서로 의지하고 있다.

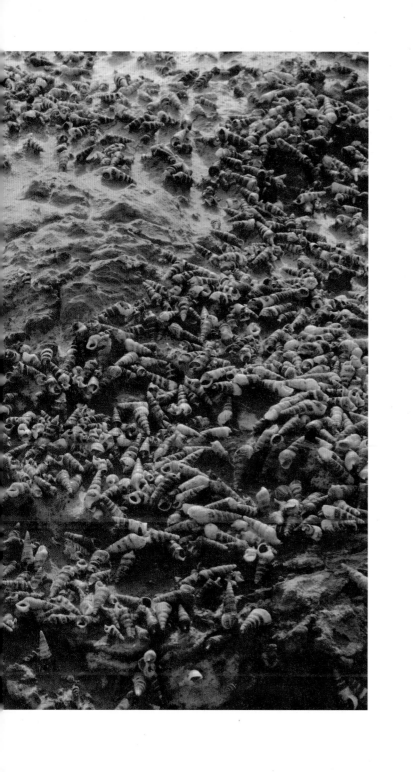

#필름 카메라를 선호하는 예술사진

순수사진을 하는 분들은 아직도 필름 카메라를 선호한다. 그것도 중형 카메라나 대형 카메라다. 쉽게 사진이 나오는 디지털 카메라에 매력을 못 느끼는 것 같다. 2년 전까지만 해도 대학원에서는 디지털 카메라를 인정하지 않았다. 디지털 카메라를 인정한 가장 큰 이유는 경제적인 문제라 한다. 인물 사진이나 다큐멘터리 사진을 하는 분들은 기동성이 필요하므로 디지털 카메라가 좋다. 광고사진을 하는 분들은 촬영 후 포토샵을 통해 후보정을 많이 하므로 역시 디지털 카메라가 유용하다.

그러나 예술성을 중시하는 순수사진은 다르다. 사진 크기가 1미터 이내라면 소형 디지털 카메라를 써도 좋지만, 그 이상이면 중형 카메라 이상을 써야 한다. 디지털 카메라도 중형 이상 카메라가 있지만 가격이 엄청나게 비싸 엄두를 내지 못한다. 함께 공부하는 나이든 미혼 여학생이 있는데, 6천만 원 하는 디지털 카메라를 사 주면 시집가겠다고 농담 삼아 말할 정도다. 할 수 없다. 중형 이상으로 작업하려면 필름 카메라를 써야 한다.

사진 작품 리뷰 시간이면 디지털 카메라와 중형 이상 필름 카메라는 확연히 차이가 난다. 사진 프린트가 커질수록 중형 이상 필름 카메라가 위력을 발휘한다. 세부 묘사가 불분명한 사진을 앞에 두고 교수님은 '이런 사진은 중형 카메라로 잡았더라면 참 좋았을 텐데.' 하고 아쉬움을 이야기한다. 몇 번 그런 이야기를 듣다 보면 결국 필름 카메라로 작업할 수밖에 없다. 고시원 촬영으로 우리 동기 중 제일 먼저 청구전을 한 P도 일찌감치 필름 카메라를 꺼내 들었다. 한 평 크기밖에 안 되는 공간이고 시험을 앞둔 예민한 분들이 거주하는 곳이라 작업 여건이 극히 좋지 않았는데, 결국은 대형 카메라까지 동원했다고 한다. 그의 작업에는 대형, 중형 필름 카메라와 디지털 카메라가 모두 동원되었다. 문래동 철공소에서 작업공들이 일을 마친 후 사용하는 낡은 대야, 수돗가, 닳아 버린 비누를 찍었던 K도 주요 작품은 필름 카메라로 작업하고 있다. 허리가 좋지 않아 필름 카메라로는 도저히 작업을 할 수 없다고 괴로워하더니, 결국 작품에 대한 욕심으로 필름 카메라를 꺼내 들었다.

사진은 결과물도 중요하지만 찍는 과정이 더 중요하다. 디지털 카메라로 작업을 할 때와 필름 카메라로 작업을 할 때는 마음가짐이 완전히 다르다. 디지털 카메라는 셔터를 누르는 데 돈이 안 든다. 프린트할 때까지 공짜다. 마음대로 누르고 모니터로 본 후 마음에 안 들면 버리면 된다. 필름 카메라는 셔터 하나가 돈이다. 중형 카메라는 필름 한 롤이 약 8,000원이고 대형 카메라는 필름 10장이 약 40,000원이다. 필름을 현상하고 스캐닝하는 데 약 20,000원에서 30,000원의 비용이 추가로 들어간다. 프린트해 보아야 작품으로 쓸지 버릴지 결정할 수 있다. 밀착 인화하는 데도 비용이 든다. 그 다음에 또 프린트 비용이 추가된다.

필름 카메라의 결정적 문제는 현장 확인이 불가능하다는 것이다. 디지털 카메라는 현장에서 모니터를 보고 노출이나 타임이 맞지 않으면 바로 조정할 수 있다. 그러나 필름 카메라는 촬영 결과를 알 수 없다. 본인의 경험이나 지식으로 판단해야 한다. 호주 서부로 사진여행을 갔을 때 일행 중 필름 카메라로 촬영하는 분이 있었다. 내가 100커트 찍을 동안 두세 커트밖에 찍지 않았다. "셔터 한 번 누르는 데 2만 원이라 함부로 누를 수 없군요."라며 겸연쩍어 했다.

어쨌든 사진 고수들은 필름으로 작업한다.

#가족에게 인정받다

손주가 태어났다. 아들 쌍둥이다. 아들 내외가 공부한다고 미루다, 결혼 7년 만에 태어난 집안의 첫 손자라 더욱 귀엽다. 쌍둥이 손주는 좋은 사진 모델이다. 아기를 출산하러 며느리가 병원에 들어가자 카메라부터 챙겼다. 첫 사진은 할머니가 찍었다. 엄마 뱃속에서 나와 아직 씻지도 않고 양수가 그대로 묻어 있는 모습이다. 나는 카메라를 들고 가 잠자고 있는 모습을 찍었다. 그 후부터 엄마 아빠를 포함하여 모두 보기만 하면 사진을 찍는다. 할머니, 할아버지, 외할머니, 고모, 이모가 모두 사진을 찍으니 아기가 괴롭지나 않을지 걱정이 될 정도다. 아예 카카오 앨범과 밴드에 아기 사진 방을 만들었다. 한밤이고 새벽을 가리지 않고 때르륵 때르륵 카카오 앨범에 새 사진이 올라 왔다는 신호가 울린다. 엄마 아빠가 찍은 사진들이다. 때로는 딸을 해산관 하러 오신 외할머니가 찍은 사진도 올라온다. '온 국민 사진가 시대'라는 말을 우리 집에서 실감한다. 손주 사진을 보고 잠이 들고 아침에 일어나면 또 손주 사진을 들여다본다.

출생 30일이 되는 날, 전몽각 선생님의 사진집 '윤미네 집'을 아들 내외에게 선물했다. 딸이 태어날 때부터 스물여섯에 결혼하기까지 일상생활을 사진으로 기록한 책이다. 이왕 사진을 찍을 바에는 '윤미네 집'처럼 아이의 성장 스토리를 기록해 보라는 의미도 담았다. 출생 50일 되는 날, 쌍둥이와 엄마 아빠를 모아 놓고 사진을 찍었다. 한 놈이 깨어 있으면 딴 놈이 자고, 자던 놈이 일어나면 한 놈이 울고, 타이밍 잡기가 너무 어려웠다. 결국 하나만 깨어 있고 하나는 자고 있는 사진이 되었다. 쌍둥이 낳고 기르는 게 힘들었던지 며느리 모습이 피곤해 보여 안쓰럽다. 그래도 잉크제트 프린트를 하고 사진 액자에 넣어 선물했다.

갓난아기 모습은 하루하루가 다르다. 태어난 지 50일밖에 되지 않았는데 눈을 동그랗게 뜨고 방긋 미소를 짓기도 한다. 커플로 옷을 차려입고 외출 준비하는 모습, 흔들의자에 누워 서로 바라보는 모습, 발가벗고 목욕하는 모습, 보기만 해도 가슴이 뛴다. 그래도 가장 많이 보는 것은 잠자는 모습이다. 침대에서도 자지만 엄마 아빠 가슴에 안겨 자는 것을 가장 좋아한다. 물론 할머니 품속도 좋아한다. 아기 돌보느라 지친 엄마 아빠의 가슴 위에 포근히 안겨, 혹은 엄마 아빠와 함께 소파에 비스듬히 기대어 잠든 모습은 그대로 평화다.

나는 손주들 사진 찍어 주려고 사진가가 되었는지도 모른다. 100일 사진은 직접 찍기로 했다. 간단한 조명을 설치하고 배경을 만들었다. 정신없이 사진을 찍었다. 쌍둥이 형제가 백일상을 받은 모습이다. 엄마 아빠와 가족사진도 찍었다. 할머니 품에 안겨 있는 모습도 찍고 이모, 고모와 함께 있는 모습도 찍었다. 유감스럽게도 사진사인 할아버지와 함께한 사진은 없다. 이 사진들을 모아 '개구쟁이라도 좋다. 튼튼하게만 자라다오.'란 제목을 붙여 사진 책 4권을 만들었다. 쌍둥이 형제에게 한 권씩 주고, 한 권은 외가용, 또 한 권은 친가용이다. 사진 책 4권에 비용은 16만 원이 들었을 뿐이다. 그 후에 스튜디오를 빌려 조명을 설치하고 정식으로 촬영했다. 아기들이라 힘들었지만, 다양한 포즈로 한 시간 가량 촬영에 성공했다. 스튜디오 조명이 들어가니 사진이 달라졌다. 이 사진을 잉크제트로 고급 용지에 프린트했다. 한 장 한 장이 작품 같았다. 작품용 포트폴리오 파일에 넣어 아들 내외에게 선물했다. 이제야 아버지를 사진가로 인정해 주는 눈치다.

사진은 가족을 따뜻하게 묶어준다.

비누 속에 배어 있는 진한 땀

M은 문래동 철공소를 찾아간다. 물론 예전에 번창했던 철공소의 모습은 볼 수 없다. 도시가 개발되면서 거의 모두 옮겨갔고, 지금은 마지막 남은 몇 개의 공장들이 오래된 단골들이 맡겨준 작업을 하고 있을 뿐이다. 옛 공장 건물에는 예술가들의 작업장이 들어서고 갤러리가 오픈하는 등, 냄새 나던 지역이 문화의 거리로 바뀌고 있는데도 문래동 풍경은 여전이 을씨년스럽다.

처음엔 오래되고 녹슨 철근들을 근접 촬영했다. 동그란 철근 파이프들의 모서리를 찍었다. 공장 구석에 쌓여 비를 맞고 바람에 씻기면서 산화되고 부식된 철이 아름다운 변신을 하고 있었다. 언뜻 보면 쇠를 찍은 것 같지 않았다. 아름다운 추상화 같았다. 지상에서 볼 수 없는 하늘의 색깔 같았고 꿈속에서 본 그림 같았다. 어떻게 딱딱한 쇠뭉치에서 그렇게 오묘한 색깔이 나올까 신비로웠다. 아름다운 음악이 연주되는 것 같았다. 대학원 들어와서는 철근을 찍는 작업을 중단했다. 지금까지 찍은 것 이상 발전시키기가 어렵다고 생각한 것 같다.

새로 시작한 작업은 철공소의 작업공들이 손을 씻는 비누와 그 주변에 놓인 비누 그릇, 세숫대야, 수세미, 고무호스 등 소품들을 찍는 것이었다. 작업이 끝나고 나면 수돗가에 모여 손을 씻는다. 철근 가공 작업을 한 노동자들의 손은 쇳가루 때에 찌들어 더럽고 거칠다. 그들의 손을 거쳐간 비누도 손때가 배어 거무스레하다. 고된 노동의 흔적이 묻어나고, 철근을 다루는 거친 손길이 느껴진다. 세숫대야도 찌그러지고 철공소 특유의 때가 묻어 시간의 흐름, 작업장의 분위기를 전해준다. 비누는 때를 씻어주면서 차츰 차츰 작아진다. 사라져간다. 비누가 작아질수록 더 많은 작업자들의 손때가 배어든다. 노동자들이 손을 씻는 시간은 식사를 할 때나 퇴근할 시간이다. 힘든 노동의 한가운데서 가장 기다려지는 즐거운 시간이 아닐까. 비누는 이 현장을 지켜보며 자신의 소임을 다한다. 비누는 노동자들을 일로부터 해방시켜 주는 가장 가까운 친구인 셈이다.

　　M의 사진은 아름답다. 파스텔로 그림을 그린 듯 아름다운 색감을 찾아내는 재주가 있다. 그러나 작품 사진 리뷰 시간에는 사진을 아름답게 찍지 말라는 충고를 들었다. 사진에 삶이 나타나야 하고 환경이 나타나야 한다는 것이다. 철공소는 아름다운 곳도, 낭만적인 곳도 아니다. 노동자들의 삶의 현장이다. 그 느낌이 풍겨야 한다. 그들의 흔적이 비누 속에, 찌그러진 대야 속에, 기름때 끼고 비틀어진 비누 받침 속에 남아 있어야 한다. 아름답게 찍는 것은 쉬운데 거칠게 찍는 것이 오히려 어려웠다.

　　허리가 아프다는 이유로, 디지털 카메라로 작업하는 것을 양해 받았던 작가도 마지막에는 중형 필름 카메라를 꺼내들었다. 수십 년 기계 작업을 하느라, 손에 배인 기름을 씻어주던 비누를 근접 촬영하기에 디지털 카메라는 한계가 있다고 판단한 것 같다. 중형 핫셀 블라드 필름 카메라를 꺼내들었다. 그는 삼각대를 낮게 설치하고 땅바닥에 거의 수평으로 바싹 엎드려 사진을 찍는다. 그렇게 작업을 하니 허리가 아플 수밖에 없다. 매일 침을 맞고, 서서 수업을 들으면서도 꾸준히 작업을 했다. 아름다운 사진이 투박해지고 거칠어져 갔다. 거기서 힘이 살아났다.

　　아름다운 사진을 버리는 것은 너무나 어렵다.

김문선 〈The Soap〉 2013
철공소 작업자들은 손을 닦는 시간이 가장 행복한 시간이다.
식사할 때, 일을 마칠 때 손을 씻는다. 거친 손, 땀의 흔적이 비누에 쌓여 있다.

09

즐거운
두 번째 인생

#용감한 자만이 좋아하는 일을 한다

"예술가는 자기가 좋아하는 일을 하며 사는 사람이다." 사진과 미술을 강의하는 P교수의 말이다. 해야 되는 일, 해 주기를 바라는 일이 아니다. 쉬운 말 같지만 실제로 그렇게 살기는 어렵다. 사람들은 좋아하지 않는 일도 해야 한다. 매일 욕하면서 직장에 나간다. 돈을 벌기 위해서, 가족을 위해서 일한다. 다른 사람들의 시선을 의식해서 뭔가를 하고, 사회적 신분이나 체면 때문에도 뭔가를 한다. 부모님의 강한 열망 때문에 좋아하는 일을 포기한 사람들은 의외로 많다.

자기가 좋아하는 일을 하는 데는 용기가 필요하다. 강홍구 사진가는 안정된 교사라는 직업을 버리고, 30대 나이에 미술대학에 진학했다. 유명한 사진가 구본창 선생님은 명문대 경영학과를 나와 무역회사에 다니다 독일로 예술 유학을 떠났다. 예술가들은 용감한 사람들이다. 오래 전에 CEO를 대상으로 한 미술 강좌를 수강한 적이 있었다. 처음부터 화구를 나눠 주고 그림을 그리고 발표하는 교육이었다. 수강생들의 반 정도는 의외로 그림을 잘 그렸다. 학창시절 미술을 꿈꿨던 분들도 있었다. 꿈과 현실 중에 현실을 택한 것이다. 막판에 용기를 내어 대학원을 선택한 것은 얼마나 잘한 일인지 모르겠다. 그것도 사진 공부하기를 잘했다.

이제부터라도 좋아하는 일을 하며 살고 싶다. 요즘은 어떤 모임에 가든지 사진 이야기를 꺼내는 사람들이 많다. 이제 사진은 누구에게나 익숙하고 가까운 주제다. 나도 사진 이야기를 할 때 가장 신이 난다. 이야기 거리도 많고 남들보다 한 발짝 앞서 있다는 뿌

듯한 자부심도 느낄 수 있다. 다른 주제는 주로 듣는 입장이지만 사진 이야기가 시작되면 리더가 된다. 사진은 사람의 성격도 바꿔 놓는 것 같다. 좋아하는 일은 사람을 행복하게 해 준다.

아직까지 사진을 찍는 일은 돈을 버는 일이 아니라 돈을 쓰는 일이다. 나도 사진을 할 때 가장 과감히 돈을 쓴다. 프린트 사이즈를 조금 더 키우기 위해 카메라를 바꾸고 특별한 한 장면을 잡기 위해 새로운 렌즈를 구입한다. 작품으로는 부족하다는 것을 뻔히 알면서도 프린트도 해 본다. 그래도 아까운 줄을 모르겠다. 돈을 버는 일은 내가 주인이 아니지만 돈을 쓰는 일은 내가 주인이 된다. 회사 다니면서 주인의식에 대해 많이 이야기했는데, 사진을 찍으면서 비로소 실감을 하게 되었다. 주인은 돈을 쓰는 사람이다. 그리고 돈을 쓰는 일은 즐거운 일이다. 그것도 큰 부담이 안 되면서 즐거울 수 있다면 그보다 더 가치 있는 일이 어디 있겠는가?

사진은 결과가 눈에 보이기 때문에 재미있다. 계속 호기심을 불러일으킨다. 남이 알아주지 않아도 혼자서 좋아하고 흥분한다. 샤워를 하다가도 아이디어가 떠오르면 나와서 메모를 한다. 잠을 자다 꿈속에서 아이디어가 나오면 벌떡 일어나 메모를 한다. 운전을 하다 아이디어가 나오면 차를 길가에 세운다. 아이디어는 왜 꼭 그런 상황에서 나오는지 모르겠다. 항상 카메라 가방, 삼각대, 사진 촬영용 작업복을 차에 싣고 다니며 해가 보이면 대부도로 달려갔다. 중요한 약속이 아니면 가끔 거짓말하고 펑크 낼 때도 있다. 예술가를 보고 미친놈이라고 하는 이유를 알 것 같다. 그래도 자기가 좋아하는 일이기에 혼자서 히죽 웃는다.

용감한 사람만이 좋아하는 일을 할 수 있다.

#젊은 학생, 덜 젊은 학생

개인전을 끝내고 선후배 학생들이 모이면 논문이 화제가 된다. 논문이 그렇게 어려운 것은 아니지만 예술을 전공한 학생들에게는 큰 부담이 된다. 가장 먼저 개인전을 한 동급생 S는 논문도 제일 열심히 썼다. 논문 예비 심사 때도 가장 작품 논문에 가깝다고 좀처럼 해주지 않는 칭찬도 들었다. 실제로 지도교수를 가장 많이 찾아가서 가르침을 받았다. 여러 차례 수정하고 다른 사진가나 평론가, 심지어는 시인에게까지 의견을 물을 정도로 교수님이 시키는 대로 했다. 논문 쓰는 동안 살이 쏙 빠졌다. 논문 쓰다 죽을지 모르니 부의금을 준비해 놓으라고 후배들에게 농담을 했을 정도였다.

선배 전시회 오프닝을 끝내고 뒤풀이에 참석했다. 논문에 대해 몇 마디 조언을 하니, 역시 논문을 준비 중인 30대 초반의 한 학생이 "선생님이 그렇게 열심히 하시니까 저희들이 더 힘들죠."라고 애교 섞인 불만을 토했다. 그리고 보니 맞는 말이다. 대학원에는 20대부터 50대까지 다양한 연령층의 학생들이 있다. 나는 그중에서도 예외지만, 예상 외로 50대 여성들이 많다. S는 나 빼놓고 가장 나이가 많은 학생이다. 대학원 입학 전에 이미 개인전을 했고 다양한 사진 경력을 갖고 있는 사진가인데 수업 시간에도 제일 열심이었다.

S뿐만 아니라 나이든 학생들이 공부를 더 열심히 한다. 수업 시간도 빠지지 않고 과제도 꼬박꼬박 해 온다. 교수가 추천하는 참고도서도 열심히 읽고 전시나 세미나도 자주 참석한다. 우선 나이 들었다는 체면 때문에 열심히 안 할 수 없다. 젊은 학생들에게 부담이 될까봐 눈치를 본다. 사실 만만치 않은 대학원 등록금을 내면서 늦은 나이에 지원했을 때는 각오가 상당했을 것이고, 본전을 뽑으려고 더 열심히 하는지도 모른다. 몇몇 예외는

있지만 경제적으로도 여유가 있으니까 마음 놓고 사진 작업을 할 수 있다. 나이든 여성들 중에는 결혼 안 한 분들이 많다. 시간적으로도 여유롭다. 물론 직장생활을 하거나 결혼해서 자녀가 있는 주부는 초인적으로 시간관리를 해야 한다. 사진에 대한 특별한 열정이 없이는 불가능하다.

　젊은이들은 대학에서 사진이나 예술을 전공한 학생들이 많다. 그들은 장래를 불안해 한다. 순수사진을 전공하지만 사진가로서 확실한 진로를 설정한 경우는 드물다. 직장을 구해야 하는 현실적인 문제도 있다. 무엇보다 항상 시간에 쫓긴다. 직장을 다니는 경우는 더욱 바쁘다. 정식 직장이 아니라 아르바이트를 하는 경우가 더 많다. 또 젊은이들은 데이트도 해야 하고 놀러 다닐 곳도 많다. 결석하거나 지각하는 학생은 대부분 젊은 학생들이다. 그러다 취업이라도 되는 경우는 사진을 쉬기도 한다. 또한 경제적 여유도 없다. 돈을 벌지 못하는 학생들에게는 사진 작업에 들어가는 비용도 만만치 않다. 젊은 학생들에게는 물량 공세, 시간 공세로 밀어붙이는 늙은 학생들이 부담스러울 것이다. 예술사진은 기본적으로 시간과 비용이 많이 들어가는 작업이다. 그러나 결과는 불투명하다. 여간 독한 마음을 갖지 않으면 작업을 지속하기 어렵다. 항상 미완성, 진행형으로 흘러가기 쉽다. 사진가를 지망하는 젊은 학생들이 많이 들어와야 하는데 대학원도 고령화되어 가고 있다.
　대학원에는 여러 가지 시간들이 모여 있다.

#나이가 아니라, 마음이 핸디캡

'나이는 숫자에 불과하다.'는 흔히 나이 먹은 사람들을 격려하는 말이다. 하지만 이것은 새빨간 거짓말이다. 나이는 가장 큰 핸디캡이다. 나이가 많기 때문에 불편하고 힘들고 차별 당하는 일이 한둘이 아니다. 우선 입학부터가 쉽지 않다. 진짜 이 사람이 공부를 제대로 할지, 혹시 말썽이나 일으키는 것은 아닌지 의심의 눈초리로 본다. 수업 시간에도 경계의 대상이다. 제대로 따라오고 있는지 계속 확인한다. 카메라를 추천해 주어도 전문가용이 아닌 아마추어용을 권한다. 작품 평도 나이나 경력을 감안하여 그에 맞춰 해 준다. 정신 똑바로 차리지 않으면 바보가 된다. 각종 공모전이나 지원 프로그램도 젊은 작가들이 대상인 경우가 많다.

입학 전 졸업예정자들의 그룹 전시회에 갔다. 나는 당연히 신입생이라 소개되었다. 그런데 제법 나이 들어 보이는 선배들도 있었다. 그중 가장 나이 많은 선배가 몇 학년이냐고 물어 본다. 웃고 답하지 않았다. 그래도 계속 쫓아다니며 나이를 묻는다. 피할 수 없어 결국은 실토했더니 깜짝 놀란다. 그러더니 이 사람 저 사람을 붙잡고, 내가 자기 기록을 깼다고 말한다. 대학원에는 나이 많은 학생들이 많다. 50대 학생은 꽤 많다. 그러나 60대는 거의 없다. 20대, 30대, 40대, 50대, 60대가 함께 공부한다. 그 모습도 나쁘지 않다. 어느 수업 시간엔가 강의에 나와서 당황해 하던 선생님의 모습을 떠올리면 지금도 웃음이 나온다. 그날따라 젊은 학생들은 모두 지각을 하고 50대 이상 학생들만 쪼르륵 모여 앉아 있었다. 40대 후반의 강사님이었는데, 상상했던 강의실 분위기와 너무 달라서 어떻게 첫 마디를 풀어야 할지 막막하셨던 것 같다. 나중에는 그 선생님과도 친해졌다. 생각보다 이

번 강의가 재미있을 것 같다는 말도 자주 하셨다.

강의를 하는 교수 입장에서 보면 나이든 학생은 여러 가지로 부담이 된다. 말을 함부로 할 수도 없고 마음대로 꾸중을 하거나 일을 시키기도 어렵다. 무엇보다 이 학생이 얼마나 작업을 해낼지, 앞으로 어떻게 활동할지 예측하기가 어렵기 때문에 가르치고자 하는 열의가 덜 생긴다. 교수는 제자가 성장하고 성공하는 것을 보는 것이 큰 보람인데 나이든 학생에게는 그런 기대를 하기 어렵다. 평생교육원이나 다니지 그 비싼 등록금을 내면서 왜 대학원에 다니는지 의문을 갖고 있는지도 모른다.

특히 내 경우는, 전문작가도 사진을 정리할 나이에 새로 작업을 시작했다. 학생과 교수를 포함해 가장 나이가 많다. 모든 분야가 그렇지만 나이 많다고 대접 받는 경우는 거의 없다. 우선 기이하게 생각한다. 잠시 신기한 눈초리로 볼 뿐 관심 밖의 대상이다. 당연히 아마추어로 취급 받는다. 노년의 고급 취미생활로 보는 것이다. 생계가 걸린 것도 아니고, 목숨 걸고 매달릴 일도 아니니 당연할지 모른다. 사진 공부하는데 나이는 큰 핸디캡이다. 외국의 유명 대학에 가서 더 공부하고 싶은데 그것도 어렵다. 우선 모험을 할 시간이 없다. 오랜 기간에 걸친 프로젝트도 어렵다. 체력의 한계, 감각의 한계가 있다. 창작도 제한될 수밖에 없다. 그러나 이런 이야기들은 모두 변명일지도 모른다. 많은 경험을 했기에 더 좋은 작품을 만들 수도 있다. 오랜 시간 세상과 싸워 왔으므로 작품에 생각을 담을 수 있다. 오히려 삶에 쫓기지 않고 안정된 작업을 할 수 있다. 나이란 고정관념을 깨는 것도 또 하나의 과제다.

사실은 나이가 핸디캡이 아니라 마음이 핸디캡이다.

〈고향 절여 놓기〉 2012

00년 가까이 된 염전 사무실 목조건물이 태풍에 무너졌다. 내 작품이 마지막 사진이다. 소금에 절여서라도 보존하고 싶은 내 고향……

#공부하는 즐거움은 늙지 않는다

어느 때는 내 나이를 잊는다. 20대 30대와 친구가 되어 교수님 뒷담화를 즐겁게 나누고 40대, 50대와는 거의 같은 연배의 친구처럼 스스럼없이 지낸다. 가끔은 나잇값을 못 하는 것이 아닌가, 쑥스러운 생각도 들지만 대학원을 지원할 때부터 각오한 바이니 감수해야 한다. 가끔 당황할 때도 있으나 애써 외면한다. 예술 과목의 특성상 어떤 때는 포르노 같은 예술사진을 어린 여학생들과 함께 보지만 당혹스런 표정조차 지을 수 없다.

나만의 예술사진 작업을 한답시고 새벽 3시에 일어나 사진 촬영을 나가 헤매다 보면 체력이 부치는 것을 느낀다. 그러나 그것보다 더 힘든 것은 자정 너머까지 이어지는 1차, 2차 술자리와 게임을 하며 밤새는 MT다. 원래 노래 부르고 노는 데는 소질이 없는데다 젊은이들 사이에 유행하는 게임을 따라하는 것은 고문에 가까웠다. 그래도 분위기를 깨지 않으려면 어쩔 수 없이 흉내는 내야 했다. 흥겹게 놀지는 못하더라도 분위기는 맞춰 주어야 한다. 어떤 때는 나이 들었다고 배려해 주는 것도 부담이 된다. 힘들어도 마음을 터놓고 의논할 사람도 없었다. 모든 것을 혼자서 해결해야 했다.

나에게 대학원 생활은 모험과 스릴의 연속이었다. 하루하루가 고행이고, 참선이고, 모험이었다. 사진이란 분야 자체가 생소한데다 젊은 학생들과 함께 공부한다는 것이 언어가 다른 세계에 여행 온 것 같은 착각이 들 때가 많았다. 작가에 대한 연구 발표, 전시계획서 써 오기 등등이 모두 낯선 주제들이었다. 사진을 조금만 공부한 사람들이라면 다 아는 유명 작가 이름도 나에게는 낯설었다. 인터넷을 뒤지고 멀리 천안에 있는 도서관에도 갔다. 미술을 전공한 딸이 배우던 책들도 들춰 보았다. 선배들에게 물어도 보았다. 아무것도 아닌 일이 나에게는 개척이고 모험이었다. 무엇보다 항상 시간에 쫓겼다. 보아야 할 전시도 많고, 읽어야 할 책도 많았다. 아마존에서 원서를 사기도 했다. 예술 서적은 새 책이 없어 헌책을 수소문해서 구했다. 뒤늦게 원서도 읽고 논문도 읽었다. 글도 썼다. 힘은 들었지만 머리가 말랑말랑해지고 감성이 풍부해지는 경험을 했다.

나이 들어 공부하려면 우선 용기가 필요하다. 젊어지는 용기, 어려지는 용기다. 나이가 적든 많든, 남자든 여자든 함께 어울리고 보조를 맞춰 주는 용기가 필요하다. 또한 끈기가 필요하다. 절대 포기하지 말아야 한다. 체력이 부족하고 순발력이 떨어지고 전문 지식이 부족한 만큼 더 많은 시간을 투자해야 한다. 눈치도 있어야 한다. 대학원에서 나이는 핸디캡이다. 제대로 평가도 해 주지 않는다. 말 속에 숨겨진 뜻을 잘 새겨야 한다. 칭찬인지 꾸중인지 잘 알아들어야 한다. 반대로 말하는 경우도 많다. 젊은 학생과 나이든 학생은 평가하는 기준이 다른 것이다.

대학원에 다녀도 돈을 벌지 못하는 학생들은 경제적으로 어렵다. 그러나 신세지는 것을 좋아하지 않는다. 표 나지 않게, 자존심 상하지 않게, 베푸는 지혜도 필요하다. 잡일도 솔선수범해서 해야 한다. 컴퓨터 설치, 책상 정리 등 세미나나 전시 행사가 있게 되면 자질구레한 일들이 많다. 먼저 솔선수범하는 자세가 필요하다. 그러다 보면 없던 용기도 생기고 젊어지고 활력이 솟아난다.

제2의 인생도 용감한 사람만이 즐길 수 있다.

#최초로 더 좋게!

40년간 마케팅과 함께 살아온 나의 슬로건은 '더 좋게 다르게Better & Different'다. 삼성자동차 마케팅실장 시절 이 콘셉트로 마케팅 전략을 수립하여 이건희 회장에게 직접 보고한 적도 있고, 나중에 광고에도 사용했다. 삼성자동차는 지금까지도 20년 가까이 된 이 슬로건을 광고에 쓰고 있다. 사진도 마케팅과 아주 비슷하다. 콘셉트가 중요하고, 다른 작가와 차별화는 필수적이다. 무엇보다 관람객의 공감을 끌어내야 한다.

그러나 예술사진에서는 '다르게'만으로는 부족하다. 다른 작가들이 하지 않은 새로운 영역을 개척해야 한다. 최초로 자기만의 것을 찾아야 한다. 작품의 소재든, 촬영 방법이든, 표현 기법이든 아무도 하지 않았던 것을 찾아내야 한다. 사진의 조형성, 심미성, 정체성도 중요하지만 가장 벽에 부딪치는 문제가 '최초로 낯설게!'이다. 작가들은 이 벽 앞에서 고민하고 절규한다. 이 벽을 넘지 못하고 많은 작가들이 작품을 포기한다. 작가들이 괴팍한 것은 바로 이 '최초로 낯설게!'와 싸우기 때문일 것이다.

세계적인 마케팅 전략가인 세스 고딘Seth Godin은 인재의 조건으로 '예술가의 기질을 갖춘 사람'을 들었다. 예술가란 최초로 시도하는 사람인데 용기와 통찰력, 창조성, 결단력을 가진 사람이라는 것이다. 예술이란 창조성뿐 아니라 환경의 흐름을 읽고 미래를 내다보는 통찰력이 필요하고, 이를 실행에 옮기는 용기와 결단력이 요구되는 직업이다. 이제는 기업에서도 예술가의 기질을 요구하고 있다. 그렇게 보면 마케팅과 예술도 맥을 같이 한다고 볼 수 있다.

사진을 하면서 '더 좋게 다르게!' 대신 '최초로 더 좋게!Original & Better'란 새로운 슬로건을 만들었다. '최초로'는 남들이 안 한 것을 처음으로 시도하는 것, 새 길을 찾아내는 것이다. 나아가 새로운 것으로 인정받는 것이다. '더 좋게'는 자기가 개발한 새 길을 더 좋게 더 다르게 업그레이드해 나가는 것이다. 예술가는 다른 작가들과도 경쟁하지만 자기와 싸우는 사람이다. 구호는 잘 만들었으나 그것을 해낸다는 것은 어려운 일이다. 무언가 새로운 것을 찾아 헤매지만 대부분 이미 다른 사람들이 지나간 자리를 쫓아갈 뿐이다. 우선은 '최초로'보다 '다르게'에서 시작하기로 했다. '다르게, 다르게'를 찾아가다 보면 '최초'도 찾아질 것이라 믿었다. 사진을 조금씩 더 알아 갈수록 '최초로'는 물론 '다르게'도 점점 더 어려워졌다.

　나의 '다르게'는 엉뚱하게도 외모의 차별화에서 시작되었다. 머리를 길게 기르고 퍼머를 했다. 흰 머리 그대로 염색도 하지 않았다. 청바지 입고 티셔츠에 운동화를 신었다. 이렇게 하니 예술가 필이 났다. 그런 모습으로 각종 친목 모임에도 나갔다. 학교 동창이나 회사 선후배들은 나의 이런 모습을 신기해했다. 적어도 그 사회에서는 이런 모습이 '다르게'였다. 하지만 정작 사진 바닥에서는 전혀 새로운 모습이 아니다. 이렇게 외모를 변화시키니 비로소 한 부류로 인정해 주는 듯했다. 문득 미술을 전공하고 있는 딸아이의 대학 신입생 때 모습이 떠올랐다. 어느 날 갑자기 초록색으로 머리를 염색하고 나타난 것이다. 빨강 머리도 아니고 노랑머리도 아니고, 초록 머리는 난생 처음 보았다. 딸아인 "초록 머리는 우리 학교서 제가 처음이에요."라며 자랑스럽게 말했다.

　예술가란 최초를 찾아 엉뚱한 실험을 하는 모험가다.

#나만의 크랭크인

다가오는 2018년은 사진을 시작한 지 10년째 되는 해다. 사진가로서 정식 데뷔전을 하고 사진계의 주목을 받겠다는 것이 내 목표다. 물론 지금까지 개인전도 하고 여러 차례 그룹전도 하였지만 이 모두는 사진을 배우는 과정의 하나라 생각한다. 전문가라면 최소 10년은 공부해야 된다는 생각에 스스로 정한 기간이다. 한 분야의 전문가가 되려면 10,000시간을 투자해야 한다는 법칙에 따르면 10년도 긴 시간이 아니다.

앞으로 작업할 테마도 정했다. 소금밭에 이은 다음 작업의 주제는 'History'를 패러디한 'His Story'다. 평범한 개인을 역사라는 관점에서 조명하는 것이다. 역사를 국가의 관점이 아니라 개인의 관점으로 보려 한다. 개인의 역사가 모인 것이 국가의 역사이고 인류의 역사다. 내가 쓰고자 하는 역사의 대상은 우리 세대이다. 해방 전에 태어나 유년기에 6.25를 겪고, 고등학교 시절 4.19와 5.16을 겪었다. 군부 독재 시절 청년기를 보내고 고도 성장기를 전면에서 이끌었다. 최근에 인기를 모았던 영화 '국제시장'의 주인공들이다. 그들의 삶은 개척과 도전, 시행착오의 연속이었다. 한 사람 한 사람이 극적인 드라마를 갖고 있는 것이다.

역사에도 흐름이 있고 우연이 모여 필연이 된다. 개인의 인생사에도 이러한 운명의 연결고리가 있다고 본다. 고등학교 졸업 50주년 기념으로 동창들 102명의 글을 모아 책을 낸 적이 있었다. 아무 글이나 써 달라고 했는데 자신들의 인생 스토리를 쓴 사람들이 가장 많았다. 분야는 다르지만 한 사람 한 사람이 국제시장의 주인공이었다. 그들 중 한 개인의 삶을 역사라는 관점에서 흥분하지 않고 차분히 그려 보고 싶다. 사초를 쓰는 사관처럼, 도화서의 화공처럼 한 시대를 움직였던 평범한 사람들의 기록을 만들려고 한다. 그 속에서 광활한 우주 속의 한 존재가 지녔던 의미와 역사성을 탐색하는 것이다.

그 첫 시도로 나 자신을 대상으로 연습을 하고 있다. 내 인생의 10대 이벤트를 선정했다. 신기하게도 우리나라 제1공화국에서 제6공화국까지의 변화와 맞아떨어졌다. 제1공화국 이전의 8.15 해방과 나의 탄생, 6.25, 70에 시작한 제2의 인생, 이승과 내세를 연결하는 마지막 모습 등 10개 테마도 정했다. 이 아이디어는 대학원 입학 때부터 생각한 것인데 계속 발전시켜 오고 있다. 나는 개인전이 끝난 바로 그 다음날, 수유리 4.19 묘지로 향했다. 'His Story, 박찬원'의 세 번째 테마인 4.19 혁명과 관련된 시험 촬영을 위해서였다. 다음 작업에 대한 크랭크인이자 나만의 의식을 치렀다. 고등학교 시절 나와 한문까지 이름이 똑같았던 2년 선배가 있었다. 심지어 외모까지 비슷했다. 그 형은 4.19 혁명 때 총탄에 맞아 유명을 달리했다. 전화도 없던 시절, 친척들은 모두 내가 죽은 줄 알았다. 사실 나도 광화문 네거리에서 총에 맞을 뻔 했다. 문득 그 형의 운명까지 내가 이어 받은 것 아닌가란 생각이 들었다. 4.19 직후 자유당 시절 폐간되었다 복간된 경향신문을 구독한 기억도 난다. '박찬원'이란 선배의 이름이 쓰인 비석 뒤에 앉아 사진을 찍었다. 4.19는 변화와 혼돈의 시작이었고, 발전의 시작이었다. 나에게 4.19는 지각의 시작이다.

사진으로 나는 또 다른 성장을 시작한다.

〈작은 교회〉 2015
조지아의 깊은 산속 2,400미터 높이에 작은 교회가 있다. 산악 자동차를 타고 한 시간 산을 올라가야 만날 수 있다.
하느님께 더 가까이 가고 싶어 산 위에 지은 것 같다.

#강의를 들으면서 강의를 한다

내가 기업에서 경영을 했다는 사실은 대부분 알고 있지만 은퇴 후 대학에서 석좌 초빙 교수로 강의를 했다는 사실은 잘 모른다. 자기소개를 할 경우도 그 부분은 거론하지 않는다. 주임교수님은 알고 계시지만 강사로 나오는 분들에겐 부담 드리고 싶지 않아 그런 냄새도 피우지 않았다. 하지만 때로는 학생 입장이 아니라 평가자 입장에서 강의를 듣고 있는 나를 발견하고 자세를 고쳐 앉기도 한다. 학교 재단의 책임자로서 학교 경영과 교수 채용에 직접 관여해 본 경험이 있어, 자신도 모르는 사이에 교수들을 평가하고 비교하는 것이다.

강의를 한 경험 때문에 리포트나 과제 발표는 더욱 열심히 준비했다. 언젠가 내 정체가 밝혀진다면 최소한 체면치레는 해야 하니까. 물론 그럴 리야 없지만 '대학 강의를 했다는 사람이 저 정도밖에 안 돼?'란 소리는 듣지 말아야 한다. 건방진 생각이지만 과제 발표를 하면서 후배들에게 다른 방식으로 강의를 하고 있다는 생각이 들 때도 있다. 사진은 잘 모르지만, 사고방식이 신선하고 성실하며 연륜이 밴 깊이 있는 모습을 보여 주고 싶었다. 강의실에는 항상 제일 먼저 나갔다. 한 번도 결석이나 지각을 한 적이 없다. 청강 과목까지도 숙제를 게을리 하지 않았다. 내가 열심히 하는 모습을 보여줌으로써 열정적인 강의 분위기에 일조하고, 철저한 강의 준비로 선생님에게 무언의 압력을 가하고 싶었다. 다음에 또 들어올지 모를 나이 많은 후배들에 대한 선입견도 떨쳐 주고 싶었다.

사실 나이 들어 공부한다는 것이 쉬운 일은 아니다. 함께 공부하는 동료, 선후배들 눈치도 보이고 젊은 학생들에게는 미안하기도 하다. 마음껏 떠들고 토론하고 흉허물 없이 표현해야 하는 강의 분위기를 방해하는 것 같았다. 선생님들에게도 미안하기는 마찬가지였다. 이론 과목은 그런대로 따라갈 수 있었으나 사진에 대한 기초나 경험이 적다 보니 사진 실기는 부담이 되었다. 그래서 더 많이 노력했다. 국내에서 발간된 사진이론 책은 거의 모두 보았다. 전시회도 열심히 다녔다. 외부의 사진 세미나도 기회 있는 대로 쫓아 다녔다. 수업은 물론 열심히 들었다. 교수들이 추천하는 책이나 선생님들이 집필한 책은 모두 사서 보았다. 사진의 역사는 두 번이나 강의를 들었다. 한 번은 학부에서, 두 번째는 대학원에서였다. 그래도 부족하다는 생각에 교재가 아닌 다른 책을 사서 강의 시간 전에 한 시간 정도 따로 공부했다. 그러나 책을 읽어도 이해하는 스피드는 예전과 달랐다.

예술은 결국 철학, 역사, 사회에 그 뿌리가 닿아 있다. 이름만 들었던 철학 책을 다시 공부한다.《흔적의 미학》을 펼쳤다. 아무리 정신을 집중해도 무슨 말인지 모르겠다. 읽고 또 읽는다. 밑줄을 치며 읽는다. 중요한 부분은 노트에 옮겨 적는다. 나는 지금 무엇을 하고 있는가, 내가 철학적 생명이 담긴 작품을 만들 수 있을까, 자문자답한다. 새벽에 일어나 작품 연구 리포트를 쓴다.

나이가 들었다는 것은 큰 핸디캡이다. 무언가 완성해야 할 나이에 새로운 시도라니 당치도 않다. 혼자 만족하면 되지 않느냐, 스스로 위로하지만 마음 한쪽이 허전하다. 작품이란 타인으로부터 인정받을 때 가치가 있다.

대학원 수업은 내게 '무한도전'이다.

#오늘도 뻥쳤다

사진 이야기를 하면 신이 난다. 친구들 모임이든, 과거 직장 동료들 모임이든, 후배들 모임이든 만날 때마다 주제는 사진이다. 처음에는 나의 변한 용모에서 시작하다, 결국은 사진 이야기로 끝난다. 나만 보면 사진이 생각나는가 보다. 사진 강의를 하거나 정식으로 사진 이야기를 할 기회가 있으면, 앞으로 나의 사진 인생에 대한 마스터플랜을 설명한다. 첫 번째, 두 번째, 세 번째 전시의 주제나 구체적 작업계획도 설명한다. 지난 날 나의 모습보다 앞으로 내가 어떻게 변하는지 지켜보라고 용감하게 이야기하기도 한다. 듣기에 따라서는 건방진 이야기로 들릴 수도 있다. 나의 결심을 더욱 굳히고 계획을 실행에 옮기는 동력을 얻기 위해 가급적 많은 사람들에게 미리 알리는 것이다. 금연을 결심했다면 되도록 많은 사람에게 알리라고 한다. 나도 사진가로서의 15년 계획을 널리 알리고 있다. 많은 사람들이 나의 감시인이 되어 주기를 원하면서.

나는 3년 정도 사진 공부를 한 후, 대학원에 입학했다. 그리고 입학 다음해에 나의 사진 인생 15년 계획을 세웠다. 그 이전부터 꾸준히 생각해 오던 것을 아프리카 여행에서 돌아오는 비행기 안에서 구체적으로 정리했다. 정리한 내용을 아내에게 제일 먼저 보여 주었다. 10년간 사진 공부를 하고, 10년간 사진가로서 활동하겠다는 계획이었다. 우리 나이로 65세에 사신 공부를 시작했고, 75세에 나만의 작품으로 사진계 데뷔전을 하고, 85세에 마지막 사진전과 사진 책을 발간하겠다는 내용이다. 85세 이후는 그때 건강과 상황을 고려하여 작업 여부를 판단하기로 했다.

사진 공부 10년은 아마추어 3년, 대학원 3년, 대학원 졸업 후 초기 활동 4년으로 구성했다. 그 10년 동안에도 석사학위 청구전을 포함하여 두 번의 개인전을 할 계획이다. 아마추어를 포함해 그룹전도 10회 이상은 하게 될 것이다. 세 번째 개인전까지는 주제도 정해 놓았다. 구체적인 촬영 계획도 세웠지만 새로 '썼다 지웠다'를 반복하고 있다. 첫 번째 개인전을 준비하고 있는 지금도 두 번째, 세 번째 전시를 동시 진행하고 있는 셈이다. 이 책도 15년 계획에 들어 있는 것이다. 사진 공부 10년 후에 할 데뷔전 이전까지는 개인전을 해도 많은 사람들을 초청하거나 홍보를 적극적으로 하지 않을 생각이다. 어디까지나 사진 공부를 하는 과정이라 생각하는 것이다. 그러나 75세에 할 데뷔전은 예술계에 화제를 불러일으킬 가치 있는 전시를 하고 싶다. 또한 제2의 인생을 시작하는 많은 노년층에게 새로운 희망과 용기를 심어 주고 싶다.

나의 꿈은 국립현대미술관에 작품이 소장되는 것이다. 사진을 아는 분이나 예술계에 있는 분들이 들으면 '미친 소리'라 할지도 모른다. 하지만 그것은 목표이면서 동시에 나의 바람이며, 결심을 다잡는 수단이다. 얼마 전 직장 선후배들이 부부동반 모임을 가졌는데 그 자리에서도 나의 15년 계획을 이야기했다. 침을 튀기며 신나게 자랑했다. 돌아오는 길에 아내가 "이러다 당신 뺑쟁이 되겠어요."라고 한마디 한다. 그래도 좋다. 나는 미친놈처럼 도전하려 한다. 예술은 미치지 않으면 안 된다. 뺑쟁이 소리 듣더라도 계속 뺑을 치려 한다. 많은 사람들에게 떠들어 놓아야 장벽에 부딪칠 때마다 흔들리는 내 결심을 더 굳힐 수 있을 테니까.

꿈은 이루어진다. 나의 꿈도 그러하다.

무진기행과 안개 마을 이야기

대학원에 가서 첫 번째 작업은 안개 사진으로 시작했다. 사진 찍기 전에 먼저 사진 작업 계획서를 제출해야 하는데 마땅한 주제를 찾기 어려웠다. 주제를 찾으려면 평상시 많은 공부를 하고 생각을 해 왔어야 하는데 그런 준비가 안 되어 있었다. 아무래도 대학원 입학시험을 볼 때 제출한 안개 사진의 연장선상에서 작업을 하는 것이 편할 것 같았다. 내심 안개 사진을 본격적으로 찍어보고 싶은 생각도 있었다.

첫 번째 안개 사진은 김승옥 선생님의 소설 '무진기행'에서 모티브를 찾았다. 대학원 입학 포트폴리오에서 다룬 안개 사진과는 전혀 다른 개념이었다. 물론 계기는 대학원 입학 포트폴리오가 만들어 주었다. 안개 사진을 찍으러 태어난 곳 대부도를 찾아 갔는데 갑자기 대학 시절 읽었던 무진기행이 떠올랐다. 소설의 주인공은 어려운 일에 부딪쳤을 때나 변화를 필요로 할 때마다 가상의 마을 '무진'을 찾았다. 무진은 안개가 가득한 포구 마을이다. 안개는 모든 것을 가려주고 감춰준다. 보이는 것도 아니고 보이지 않는 것도 아니다. 손에 잡힐 것 같으면서도 가까이 가면 사라진다. 해가 뜨면 안개는 사라진다. 꿈에서 현실이 되는 것과 같다. 무진기행의 주인공은 여기서 뒹굴며 일상에서 벗어나 자신을 치유한다. 현실을 벗어나 다른 사람이 된 것처럼 순수해지기도 하고, 망가지기도 하고, 고민도 한다. 그러다 이곳을 벗어나면 다시 현실적인 사람이 된다.

대부도는 내가 태어난 곳이다. 태어나서 3개월밖에 살지 않았으니까 고향이라고 하기에는 어색하다. 그러나 할머니와 삼촌이 그곳에 살고 계셔서 방학이면 대부도를 찾았다. 그러다 삼촌이 인천으로 이사하시면서 대부도는 나와 전혀 관계없는 섬이 되었다. 그러나 나의 시골에 대한 추억은 대부도가 전부였다. 사진 공부를 하면서 어느 날 문득 대부도 생각이 났다. 안개 사진을 찍기 위해 거의 50년 만에 찾아간 대부도는 너무나 달라져 있었다. 너무 편해졌다. 옛날엔 대부도를 가려면 인천에서 통통배를 타고 2시간 정도 가고, 배에서 내려 시골길을 한 시간 이상 걸어야 했다. 서울에서 가면 하루 종일 걸렸다. 그런데 지금은 서울에서 한 시간 남짓이면 갈 수 있다. 섬과 육지가 시화 방조제로 연결되었다. 섬을 가로지르는 아스팔트 도로가 깔렸고 주말이면 교통 체증에 휘말릴 정도로 차가 많다. 음식점, 편의점, 주유소, 부동산, 펜션, 모텔 등등 없는 것이 없다. 골프장도 두 개나 된다. 염전이 있던 곳은 바다 낚시터로 변했다. 여기저기 땅을 파고 공사 중이다. 섬이 온통 황토 빛이다.

추억 속의 고향은 찾아보기 어려웠다. 섬이 개발되고 편리해지는 만큼 고향은 망가져가고 있는 것 같았다. 개펄에서 캔 바지락 망태기를 머리에 인 여인들이 저녁 햇살을 받으며 걸어오던 아카시아 잡목이 우거진 섬창은 이제 관광객들을 불러들이는 펜션들 차지가 됐다. 걸으면 뽀드득 뽀드득 조개껍질 깨지는 소리가 나던 황토 길은 시멘트 콘크리트로 덮혔다. 아름드리 소나무가 그늘을 드리우고 장수벌레와 놀던 당재도 보이지 않았다. 저녁이 오면 노을 지는 논두렁길을 따라 소를 몰고 오던 아이들의 모습도 보이지 않는다. 그 많던 천연 염전들이 모두 바다 낚시터로 바뀌었다. 고향이 사라져 가고 있다. 허물어져 가는 고향을 무진기행의 안개로 감싸주고 싶었다. 아픈 상처를 어루만져주고 싶었다. 추억을 안개 속에 보존하고 싶었다. 그래서 '안개마을 이야기'란 제목을 붙였다.

사진으로나마 상처 받은 고향을 치유해주고 싶었다.

〈안개마을 이야기〉 2012
바다를 건너 전기가 들어온다.
땅이 파헤쳐진다. 아스팔트가 깔린다.
사람이 북적인다. 섬은 좋아졌는데 마음은 허전하다.
수로를 표시하던 깃발이 마지막 손짓을 하고 있다.

■ **고려원북스**는 우리들의 가슴속에 영원히 남을 지혜가 넘치는 좋은 책을 만들겠습니다.

사진하는 태도가 틀렸어요

초판 1쇄 | 2016년 1월 5일

지은이 | 박찬원
펴낸이 | 설응도
펴낸곳 | (주)고려원북스

편집주간 | 안은주
편집장 | 김지현
기획편집부 | 최현숙
기획위원 | 성장현
마케팅 | 김홍석
경영지원 | 설효섭

출판등록 | 2004년 5월 6일(제16-3336호)
주소 | 서울시 서초구 서초중앙로29길 26 (반포동) 낙강빌딩 2층
전화번호 | 02-466-1207
팩스번호 | 02-466-1301

ISBN : 978-89-94543-76-5 03810

잘못 만들어진 책은 구입처나 본사에서 교환해 드립니다.